U0554497

我亲爱的甜橙树

〔巴西〕若泽·毛罗·德瓦斯康塞洛斯 著
蔚玲 译

人民文学出版社

著作权合同登记号　图字 01-2022-6227

图书在版编目（CIP）数据

我亲爱的甜橙树 /（巴西）若泽·毛罗·德瓦斯康塞洛斯著；蔚玲译．-- 北京：人民文学出版社，2025.
ISBN 978-7-02-019312-7

Ⅰ. I777.84

中国国家版本馆 CIP 数据核字第 202558FW87 号

责任编辑　王永洪
装帧设计　黄云香
责任印制　王重艺

出版发行　人民文学出版社
社　　址　北京市朝内大街166号
邮政编码　100705

印　　刷　三河市中晟雅豪印务有限公司
经　　销　全国新华书店等

字　　数　130千字
开　　本　787毫米×1092毫米　1/32
印　　张　8.875　插页2
版　　次　2015年6月北京第1版
印　　次　2025年6月第1次印刷

书　　号　978-7-02-019312-7
定　　价　49.90元

如有印装质量问题，请与本社图书销售中心调换。电话：010-65233595

致泽泽

一个让数亿读者感动落泪的男孩！

读完《我亲爱的甜橙树》，

又读《让我们温暖太阳》，

我情不自禁地想，

如果我有一个像泽泽一样的孩子——

不，应该说，

如果泽泽把我当成演员莫里斯一样的父亲——

那该多好！

即使他长大了，

长胡子了，

我也会温柔，温柔，

温柔地拥抱亲吻他。

——张译（著名演员，代表作《我和我的祖国》《三大队》《狂飙》《亲爱的》《我的团长我的团》《士兵突击》等）

致《我亲爱的甜橙树》

我在九岁的时候认识泽泽，
那时的他，跟我说了一个温柔而心碎的故事。

十九岁的时候我又找上他，
当年的他，说了一个温柔而勇敢的故事。

二十九岁的此刻我们结伴同行，
这次的他，说了一个关于温柔与宽容的故事。

二十年过去，
有时候我怀疑勇敢的价值，
不解何以用心碎哀伤换得骄傲坚强。
经常我会跪在泽泽的甜橙树前，
祈祷生命若要磨我成为厚茧老皮，
就算忘了流血，
也要记得感觉。

——陈映蓉（中国台湾著名80后导演，代表作《十七岁的天空》等）

故事讲的是，有一天，小男孩发现了痛苦……

前言：

一个让数亿读者感动落泪的5岁男孩

2013年9月，中国和巴西政府共同举办的“巴中文化月”期间，一部2012年重新拍摄的巴西电影《我亲爱的甜橙树》在北京、上海等地上映，从影院出来，许多观众的反应与亿万读者的阅读感受是一样的：我哭了！

《我亲爱的甜橙树》原著小说于1968年出版，之后两次拍成电影，三次改编成电视剧，在全世界已经被译成十几种语言出版发行，令数亿读者感动落泪。2012年的这次改编同名电影也取得了极大的成功！ 豆瓣网万人评分8.4分，而中文版小说《我亲爱的甜橙树》评分更高达9.1分，进入“豆瓣热门儿童文学图书TOP20”。

《我亲爱的甜橙树》，这部作者在内心酝酿了42年，却仅用12天时间完成的小说，被称为“巴西版《爱的教育》”“男孩版《窗边的小豆豆》”，与许多经典的儿童文学作品一样，这也是一部有着相当自传性质的儿童小说，小说中的许多内容都来自作家若泽·毛罗·德瓦斯康塞洛斯的亲身经历。

若泽·毛罗·德瓦斯康塞洛斯（1920—1984），是巴西一位极富传奇色彩的作家。他的原生家庭有十一个兄弟姐妹，就像小说中的5岁男孩泽泽，他从小天资聪慧，自己学会了识字，因而被伯伯称赞“前程远大”。但同时他的天性也是好动、不安分的，他学过医，后来又改学绘画、法律，甚至哲学。他喜欢地理，爱好旅游，他曾游历欧洲和巴西，也曾深入过亚马孙森林，与当地的土著一起生活。他从事过的职业之多可能更会让现代人惊讶：渔夫、教师、模特、舞蹈演员、电影电视及话剧演员等等。中国人常说“读万卷书，行万里路”，丰富而奇特的人生经历，可能是若泽选择文学作为自己人生事业的重要原因，因为他常说：“文学是最复杂的艺术，因为它要赋予作品绘画的色彩和线条、音乐的声音和旋律，以及动感。写作是我找到的用以展现我的生活经历、传递我的喜怒哀乐和一种久被遗忘的感情——温柔——的方式。”

没有温柔的生活毫无意义——这是作者若泽由于童年时代的遭际以及此后数十年风雨人生得到的感悟。

有人说，幸福的童年治愈一生，而不幸的童年则要用一生去治愈。《我亲爱的甜橙树》中，小男孩泽泽是不幸的，他出生于一个贫穷的家庭，父亲失业，母亲和大姐姐不得不早出晚归地去工厂上班。留在家里的孩子们，则是哥哥姐姐照看弟弟妹妹，5岁的泽泽还要照看3岁的小弟弟。当泽泽不上街“打天下”的时候，就在家里陪弟弟玩。他把后院分成三个游戏区：动物园、欧洲，以及另一个住着蝙蝠路西亚诺的游戏区。泽泽陪弟弟“逛动物园”的情节想象丰富而满含温情，被许多老师及家长设置成共读模仿游戏，同时这一情节也在电影中得到了展示。电影中老葡的评语可能是观众和读者们的共同心声：这是我见过的最好的动物园了……因为是这里（指泽泽的小脑袋）想象出来的。然而，由于付不起房租，他们不得不搬到另一处更小的房子。新房子的前院有两棵树，当妈妈带着孩子们走进院子，三姐格洛里亚一下子松开了泽泽的手，跑去抱住了芒果树，宣布了“主权”，四哥托托卡则抱住了罗望子树……泽泽几乎要哭了，他啥都没有！委屈的他甚至想到以前家里的一只酒瓶，上面有四个天使，前三个都被拉拉、格洛里亚、托托卡先选了，他只能是最后面的那个：只露出一个小脑袋，连翅膀都看不见，根本不是一个完整的天使！格洛里亚为了安慰泽泽，在后院的水沟边指定了一棵小小的甜橙树：“它会和你一起长大，你们两个互相了解，就像亲兄弟一样。”

正如有人所说，命运的齿轮开始转动！自认为总是“垫底”而不开心的泽泽惊讶地发现，这是一棵会说话的甜橙树：“有一个仙女跟我说，要是一个和你一模一样的小男孩跟我交朋友，我就会说话，而且我就会非常非常开心。”格洛里亚说对了，小甜橙树成为泽泽无话不说的好朋友，他与小甜橙树分享生活中的一切，比如挨揍后他就去找小甜橙树聊天，因为只有它不会嘲笑他的乌眼青，以及那个起初他发誓“长大以后杀了他”，而后却成为他生命中最灿烂的“太阳”的老葡……而且这个“太阳”不仅温暖了作者的一生，也促使他在48岁的时候用12天时间写出了这部传世经典，并由此温暖了无数读者。

著名儿童文学理论家汤锐曾评论说：“五岁的泽泽让我

们发现：每个儿童都需要一个真正理解他的倾诉对象，无论是蝙蝠、老葡或者是一棵甜橙树，这是使他能够保持善良、宽容和童真的重要途径，正因为有了这样的途径，善良、宽容与童真才能穿越时空，当我们长大以后仍驻留在我们的灵魂深处。”这段评论里有两个关键词：理解和倾诉。泽泽敏感而早熟，他曾以为自己心里住着一只小鸟，这只小鸟会说话，会唱歌。直到遇到小甜橙树后，又去请教了伯伯，他“放走”了心里的小鸟，自此，小甜橙树成为他最知心的朋友。老葡曾感叹说：“这个孩子的家人都不理解他，我从来没见过这么敏感的男孩。”其实，从心里的小鸟到水沟边的小甜橙树，再到开着漂亮车子的老葡，这不仅是一直“垫底”的泽泽在成长过程中的内心变化与需求，也揭示了人类童年的秘密：谁的童年没有天真的幻想，没有跟小猫小狗小树说过话呢？许多读者的读后感中都提到自己小时候也曾有过“与树对谈”的往事。但关键是，当小鸟飞走了，就像泽泽所说“好像我心里的这个鸟笼太空了”时，谁来填补呢？

纵观人类的历史，对于人自身的认识，经历了三大发现：人的发现、妇女的发现、儿童的发现。儿童的发现，现代儿童观的确立，可以说是人类进入现代文明的标志，也直接催生了儿童文学的诞生。在中国，在二十世纪早期的五四新文化运动中，新文化的倡导者们在反封建的同时，也“发现”了儿童。鲁迅说：“往昔的欧人对于孩子的误解，是以为成人的预备；中国人的误解，是以为缩小的成人。”他甚至发出“救救孩子”的呼吁，还在《我们现在怎样做父亲》的演讲中提出觉醒的成年人要“肩住了黑暗的闸门，放他们到宽阔光明的地方去”。但从先驱者的呼吁，到广大民众的认同，却往往是需要时间来磨合的。时至今日，著名教育家朱永新依然一直强调：“童年的秘密我们远远没有发现，童书的价值我们远远没有认识。”

《我亲爱的甜橙树》的作者若泽，出生于1920年，他的童年正好是中国的五四时期。那时的巴西，显然也和中国一样，也有先驱者“发现”了儿童，但却远远没有形成国民的共识。但若泽以一个作家的敏感，发现了“泽泽”这一个儿童的独特性，创作出了人类“童年”的共性：敏感，早熟，渴望理解，渴望关爱，渴望倾诉。正如苏联著名教育家苏霍姆林斯基所说：“童年是人生最重要的时期，它不是对未来生活的准备时期，而是真正的、光彩夺目的一段独特的、不可再现的生活。今天的孩子将来会成为一个什么样的人，这里起决定性作用的是他的童年如何度过，童年时期由谁携手带路，周围世界的哪些东西进入了他的头脑和心灵。”泽泽虽然不幸生活在一个贫穷的家庭，但他同时又是幸运的，刚好“遇见”了一棵会说话的甜橙树，然后又遇见了老葡。童年的这一段温柔之旅照亮了他的一生，并在小说“最后的告白”一章中说：“亲爱的老葡，是你教会我生命的温柔。现在，换成我送出明星照片和弹球了，因为我知道感受不到温柔的生命并不美妙。”

值得一提的是，作者若泽很早就意识到贫穷并不是阻断“温柔”的唯一因素，而是恰如鲁迅所说的“往昔的欧人对于孩子的误解，是以为成人的预备；中国人的误解，是以为缩小的成人”，身处南美洲又曾是葡萄牙殖民地的巴西，对孩子的误解，或更类似于欧洲。所以若泽在《我亲爱的甜橙树》之后，又写了续集《让我们温暖太阳》。续作中，由于家贫而且孩子多，11岁的泽泽被一个医生家庭收养了。这是一个就现在来说也是标准中产的家庭，养父开私人诊所，泽泽上的是私立学校。身为家庭主妇的养母对他的唯一要求，是天天练钢琴；养父的要求则是好好学习，将来当医生。5岁的泽泽所渴望的理解和倾诉，11岁的泽泽依然还在渴望中。于是蛤蟆亚当“住”进了泽泽的心里，陪着他一起上学、冒险；电影演员莫里斯则成了泽泽“想象”

中像老葡一样的“理想父亲”，每天晚上在他临睡前“穿墙越窗”来到床头与他聊天，倾听开心与苦恼，抚慰幼小的心灵。泽泽甚至在与蛤蟆亚当的“夜谈”中直白地说：

“在所有这些人里，只有那个葡萄牙人像爸爸。现在，我想有一个像莫里斯这样的真正的爸爸，这个爸爸是快乐的，似乎生活里的一切对他来说都是美好的。”

在跟老师法约勒哭诉时说：

“我想有一个走进我的房间对我说‘晚安’的爸爸；一个用手抚摸我的头的爸爸；在我踢了被子的时候，一个能轻轻地给我盖好被子的爸爸；一个亲吻我的脸或额头祝我睡个好觉的爸爸。”

然而，与《我亲爱的甜橙树》一样，结尾是感伤的：蛤蟆亚当离开了他的心脏，要去很远的只有他们的思念能到达的地方；莫里斯也离开了，因为泽泽到了谈恋爱的年龄了；泽泽也没有听从养父学医或上军校的劝导，上了轮船回了南方。

儿童阅读推广人阿甲曾说，如果父亲节只能推荐一本书，他会推荐《我亲爱的甜橙树》。《我亲爱的甜橙树》中5岁的泽泽从自认“魔鬼的干儿子”到初懂“温柔”，甚至想把老葡当作自己的父亲，《让我们温暖太阳》中11岁至15

岁的泽泽，面对失去老葡的心理空缺，主动地寻找温柔，在想象中把银幕上的演员莫里斯当成自己的父亲……在故事情节上，这两本自传性质的儿童小说，确实是讲述了一个男孩渴望温柔、寻找父爱的过程。但在更深层、更普遍的意义上，这是儿童社会向成人社会的呼吁，不管是贫穷还是富裕，“发现儿童”，理解儿童，尊重儿童，倾听儿童，是现代社会最为迫切的任务。让我们重温鲁迅一百多年前在《我们现在怎样做父亲》中的话：

“自己背着因袭的重担，肩住了黑暗的闸门，放他们到宽阔光明的地方去；此后幸福的度日，合理的做人。”“这是一件极伟大的要紧的事，也是一件极困苦艰难的事。”

“我们现在怎样做父亲？”——这是百年前中国作家鲁迅的理性思考。

“我想要一个温柔的父亲。”——这是百年前巴西5岁男孩泽泽的内心渴望。

而他们的声音交汇在二十一世纪初的中国。中国和巴西，虽远隔万里，却同为二十世纪早期开始语言文字改革，进而推动社会现代化进程的发展中国家，在诸如儿童观等社会思想方面有着极大的契合度，因而2010年《我亲爱的甜橙树》中文简体版上市后，不仅感动了广大老师、家长、学生，还获得“引进版社科类优秀图书奖”，并入选首届“大众喜爱的50种图书”、《中国教育报》“影响教师的100种图书”等。习近平总书记指出：文化因交流而多彩，文明因互鉴而丰富。2025年，中国的一部现象级动画电影《哪吒之魔童闹海》春节上映，不仅登顶全球动画电影票房榜，而且进入全球影史票房榜前五，许多观众也是哭着走出影院。3岁的哪吒，魔丸转世，只能被限定在结界的范围内活动，父母则忙于抵抗妖族而无法陪护他。他的每次溜出结界，都会给陈塘关民众带来无数灾难，甚至他的好意也会被误解。—— 这是中式的文化设定。5岁的泽泽，同样也是被父母忽视的孩子，小镇上只要发生什么坏事，人们都一致认定这是泽泽干的，甚至泽泽都自认为是“魔鬼的干儿子”，他所有的坏点子，都是魔鬼干爸怂恿的。—— 这是西式的文化设定。哪吒与泽泽，不管是中式还是西式的文化设定，其实都暗含了鲁迅所说“往昔的欧人对于孩子的误解，是以为成人的预备；中国人的误解，是以为缩小的成人”。“发现儿童”，在距离西方启蒙运动发生已经有三百多年、距离中国的五四新文化运动也已经有一百多年的今天，依然是“一件极伟大的要紧的事，也是一件极困苦艰难的事”。所幸的是，虽上有天雷压顶，下有百姓误解，李靖夫妇仍然全力呵护哪吒、接纳哪吒，终使哪吒去除了内心的戾气，喊出了让所有观众动容的话：我命由我不由天！由魔童变为反抗天命的英雄。而泽泽也由于老葡的接纳与呵护——虽然老葡由于意外而突然离世，在泽泽的内心留下了沉重的创伤——在四十多年后说出了让读者深思的话：没有温柔的生活毫无意义！

一个让数亿读者感动落泪的5岁男孩，
只为每一个大人、孩子，
都懂得温柔的含义。

王永洪

2025年4月10日

献给

梅塞德斯·克鲁阿内斯·里纳尔迪

埃里希·热曼德尔

弗朗西斯科·马林斯

还有

埃莱娜·拉奇·米勒(啾啾！)

同样不能忘记的

我的“儿子”

费尔南多·谢普林斯基

献给那些

永远活着的人们

奇奇洛·马塔拉佐

阿纳尔多·马加良斯·德贾科莫

我的思念之情献给

我的弟弟路易斯——路易斯国王和

我的姐姐格洛里亚；

路易斯在二十岁的时候放弃了生命，

格洛里亚

在二十四岁的时候也认为

活着已经没有意义。

同样的思念还献给曼努埃尔·瓦拉达雷斯

是他在我六岁的时候

告诉我温柔的含义……

——愿他们安息！

还要献给

多里瓦尔·洛伦索·达席尔瓦

（悲伤和思念都打不倒你，多多！）

目录

泽泽（本书主人公）
格洛里亚（三姐，又称格格）
路易斯（最小的弟弟）
托托卡（四哥）
冉迪拉（二姐）
拉拉（大姐）
妈妈
爸爸
埃德蒙多（伯伯）
丁丁娜（奶奶）

泽泽一家

第一部

有时，圣诞节出生的是小魔鬼

第一章

小小发现者

我们手拉手沿着马路溜达。托托卡一路上都在给我讲生活的道理，我很开心，因为哥哥拉着我的手教给我事情。不过，他是在家外面教我，在家里，我学会了一个人自己发现、自己做事情，所以常常出错，出错的结果总是挨巴掌。我没有挨揍才一两天，他们就又发现了我干的那些错事，于是，又开始骂我是小狗，是魔鬼，是褐色的赖皮猫。还是不说这些了吧。要不是因为在大街上，我早就唱起歌来了。唱歌是件开心的事情，托托卡不但会唱歌，还会吹口哨。可是，无论我怎么努力学，却一点儿声音也吹不出来。他安慰我说事情本来就是这样的，因为我还没有能吹口哨的嘴呢。不过，虽然我嘴上不能唱，但却能在心里唱。这刚开始是有点儿怪怪的，可是后来却越来越有意思了。我还记得，在我很小很小的时候妈妈爱唱的一首歌。那时候，她常常站在洗衣池边，用毛巾系在头上遮太阳，腰上系着围裙，一连好几个小时双手泡在水里，把肥皂变成好多好多泡泡。然后，她把衣服拧干，晾到绳子上。她把所有洗过的东西都晾到绳子上，还用竹竿把绳子支起来。所有的衣服都是这样。她给福尔哈伯医生家洗衣服赚钱贴补家用。妈妈又高又瘦，可是她很漂亮。她的皮肤是棕色的，头发又黑又直。当她把头发散开的时候，头发一直垂到腰。不过，要说开心，就是她唱歌的时候，这时候，我就在旁边跟着学。

水手，水手，
忧伤的水手，
为了你，水手，

我不惜失去生命。

……

波浪滔滔，

拍打着沙滩，

远航的水手哟，

我是多么爱你。

……

水手的爱，

短暂的爱，

船已起锚，

水手去远航。

……

波浪滔滔，

……

直到现在，这首歌还是会让我感到一种我无法理解的悲伤。

托托卡用力推了我一下。我回过神来。

“怎么啦，泽泽？”

“没怎么，我唱歌呢。”

"唱歌？"

"是啊。"

"那我肯定聋了。"

难道他连可以在心里唱歌都不知道？我没有说话。要是他不知道，我才不教他呢。

我们来到里约－圣保罗路的路边。

马路上有各种各样的车，有卡车、大轿车、马车和自行车。

"听着，泽泽，这很重要，要先看清楚。看看这边，再看看那边，过。"

我们跑过了马路。

"怕吗？"

我其实很害怕，不过，我摇了摇头。

"咱们一起再来一次，然后，我要看看你学会了没有。"

我们返回马路对面。

"这次你自己过。别怕，你已经是个小男子汉了。"

我的心跳加快了。

"好，过。"

我抬腿就跑，几乎一口气跑过了马路。我愣了一下神，他示意我返回。

“这是第一次，你表现还不错。不过，你忘了一件事：必须先看看两边有没有车过来。我可不会老站在这儿给你打手势。回来的时候，咱们再练。走，我要带你去看一样东西。”

他拉着我的手，我们继续慢慢地走。这时，我脑子里想的全是怎样开口谈我想说的事情。

“托托卡。”

“什么事？”

“‘懂事的年龄’重要吗？”

“你在说什么傻话？”

“是埃德蒙多伯伯说的。他说我‘早熟’，说我快到‘懂事的年龄’了。可是，我没觉得自己有什么变化。”

“埃德蒙多伯伯是个傻瓜，老爱往你的脑袋里乱塞东西。”

“他不是傻瓜，他可聪明啦。等我长大了，我要当聪明人，当诗人，还要打领结。哪天我要去照一张打领结的照片。”

“为什么要打领结？”

“因为没有不打领结的诗人。埃德蒙多伯伯给我看杂志上那些诗人的照片，他们全都打着领结。”

“泽泽，他跟你说的话你可不能全信。埃德蒙多伯伯有点儿疯疯癫癫的，有点儿爱骗人。”

“那他是婊子养的吗？”

“瞧，你就是老说脏话才被打耳光的。埃德蒙多伯伯可不是那样的人，我只是说他有点儿疯疯癫癫的，有点儿不着调。”

“你说他骗人。”

“这是毫无关系的两件事儿。”

“有关系，就是有关系。那天，爸爸和塞韦里诺先生聊天，就是和他一起玩意大利纸牌的那个人，他们说到拉博内先生的时候，爸爸说‘那个婊子养的傻得像驴一样’。可是，谁都没打他耳光啊。”

“大人可以，他们说没关系。”

我们都不说话了。

“埃德蒙多伯伯不是……可是‘疯疯癫癫’到底是什么意思，托托卡？”

托托卡用手指在脑袋上绕了一圈。

“他不是，就不是。他可好啦，教我好多好多事情。他只打过我一巴掌，还一点儿都没使劲儿。”

托托卡一下跳了起来。

“他打了你一巴掌？什么时候？”

“我特别淘气的时候，就是格洛里亚让我去奶奶丁丁娜

家那次。当时,他想看报纸,可是找不到眼镜。他找啊,找啊,哪儿也找不到。他问丁丁娜,她也不知道。他们两人把家翻了一个底朝天。后来,我说我知道在哪儿,要是他给我一毛钱买弹球,我就告诉他。他把坎肩拿过来,从兜里掏出一毛钱[①]。

"'给我找来,我给你钱。'

"我从放脏衣服的篮子里掏出了眼镜。结果挨了他一顿骂。'原来是你干的,你这个小混球!'他打了我屁股一巴掌,也没有给我那一毛钱。"

托托卡笑了起来。

"本来你去奶奶家就是为了省得在家挨打,结果还是没躲过。咱们快点儿走吧,不然,永远也走不到。"

我仍然在想埃德蒙多伯伯。

"托托卡,小孩儿是不是都退休了?"

"什么?"

"埃德蒙多伯伯什么都不干还挣钱。他不工作,可是市政府每个月都给他钱。"

---

① 原书用了两种巴西1942年前的货币单位:托斯通和雷伊斯,为便于阅读,译文统一用中国货币单位代替。

“那又怎么样？”

“小孩儿也什么都不干，就知道吃饭、睡觉，从爸爸妈妈那儿挣钱。”

“退休可不一样，泽泽，退休的人是工作过很长很长时间的人，他的头发变白了，路也走不动了，就像埃德蒙多伯伯那样。咱们还是别想这些复杂的事情吧。你愿意跟他学，就学去，我可不想跟他学。你就应该和其他小孩一样，你说脏话也就算了，可是别总往自己脑袋瓜儿里塞那么多乱七八糟的东西，不然的话，我再也不带你出来了。”

我有点儿不高兴，不想再跟他说话。我也不想唱歌了。在我心里唱歌的小鸟已经飞走了。

我们停住了脚步，托托卡指着一所房子说：

“就是那个。喜欢吗？”

这是一所普通的房子。白色的墙，蓝色的窗户。房门关闭着，没有一点儿声音。

“喜欢。可是，咱们干吗要搬到这儿来呢？”

“经常搬家多好啊。”

我们透过篱笆院墙看见房子的一侧有一棵芒果树，另一侧有一棵罗望子树。

“你什么都打听，可就是不明白家里发生的事情。爸爸失业了，是不是？自从半年前他跟斯科特菲尔德先生吵架之后，就被他们赶出来了。你没看见连拉拉都进工厂上班去了吗？妈妈也要去城里的纺织厂上班了，你不知道？给我听清楚，你这个傻瓜，所有这一切都是为了攒钱付这个新家的房租。咱们原来的那个房子，爸爸已经八个月没有交房租了。你还小，不懂这些伤心的事情。过些天，教堂做弥撒时，我还得去帮忙，这样可以贴补家用。”

他陷入了沉默。

“托托卡，他们会把‘黑豹’和那两只‘狮子’带到这儿来吗？”

“当然会啦，还得靠我这个劳动力去拆鸡窝呢。”

他温柔又有些悲哀地看了我一眼。

“我负责拆除动物园，还要在这边重新搭一个。”

我放心了，不然的话，我就得发明一个新游戏逗我的小弟弟路易斯玩了。

“瞧，泽泽，我对你多好啊，现在你得告诉我，你是怎么学会‘那个’的？……”

“我发誓，托托卡，我不知道，我真不知道。”

"你骗人,你肯定跟什么人学过。"

"我一点儿都没学,没人教我。如果说有人教我的话,只可能是'魔鬼'趁我睡觉的时候教我的,冉迪拉说'魔鬼'是我干爸。"

托托卡糊涂了。一开始,他还敲着我的脑袋逼我说,可是,连我自己也说不清楚是怎么回事。

"谁都不可能自己学会那种事情。"

说完,他不作声了,因为真的没有人看见有人教我任何东西。这真是一个谜。

我想起一星期前让全家人目瞪口呆的那件事情。事情是从丁丁娜家开始的。当时,我坐在埃德蒙多伯伯身边,他正在看报。

"伯伯。"

"什么事,孩子?"

他像所有的大人和上了年纪的人那样把眼镜拉到鼻子尖上。

"你是什么时候学会认字的?"

"差不多六七岁的时候吧。"

"五岁的人可以学会认字吗?"

“可以不可以嘛——可以。但是，没人愿意这么做，因为孩子还太小呢。”

“你是怎么学会认字的？”

“和别人一样啊，从识字课本上学的，B加上A，念‘ba’。”

“所有的人都得这样学？”

“据我所知是这样的。”

“真的？所有的人都这样？”

他困惑地看着我。

“瞧你，泽泽，所有的人都得这么学。好了，让我看完我的报纸吧，你去后院看看有没有番石榴。”

他重新戴好眼镜，准备集中精力看报纸。可是，我不想走开。

“真没劲！”

他听到我的叹息，再次把眼镜拉到了鼻子尖上。

“别在这儿哼唧了，等你想……”

“人家走了那么远的路从家里来，就为了跟你说一件事。”

“那好，说吧。”

“不，那不行，你得先告诉我你什么时候去领退休金。”

“后天。”

他微微一笑，看着我。

“后天是什么时候？”

“星期五。”

“到了星期五那天，你愿不愿意从城里给我带一个‘月光’回来？”

“慢点儿说，泽泽，‘月光’是什么？”

“就是我在电影里看到的那匹小白马，它的主人叫弗雷德·汤姆森[①]，它是受过训练的马。”

“你想让我给你带一个有轮子的玩具小马？”

“不是。我是想要一个木马，就是一根木棍上带一个马头、有缰绳的那种木马。我们可以给它安上一个把，然后骑着跑。我要练骑马，因为以后我要演电影。”

他继续笑着。

“我明白了。如果我给你带来了，我能得到什么呢？”

“我为你做一件事。”

“亲我一下？”

“我不怎么喜欢亲亲。”

---

① 弗雷德·汤姆森(1890—1928)：美国西部牛仔电影影星。

“拥抱我一下？”

我扫兴地看了一眼埃德蒙多伯伯。我心里的小鸟跟我说了一件事情，让我想起了听说过好多次的事：埃德蒙多伯伯和妻子离婚了，他有五个孩子，现在一个人生活，他走路很慢很慢……谁知道呢，难道他走路慢是因为想他的孩子们？可是，他的孩子们从不来看望他。

我绕过桌子走过去，使劲儿抱住他的脖子。他的白头发滑过我的额头，真软和。

“这可不是因为小马，我要做的是另一件事：我会认字。”

“你会认字，泽泽？怎么回事？是谁教你的？”

“没人教我。”

“开玩笑。”

我离开他，走到门口，说：

“你星期五把我的小马带来，你就知道我会不会认字了！”

后来，一个晚上，冉迪拉点亮了油灯，因为我们付不起电费，电力公司切断了我们家的电源。我踮着脚尖想看清楚门后面的“星星”。那是一颗在一张画里的星星，星星的下方有一句保佑我们家的祷告词。

“冉迪拉，抱我一下，我要念那上面的字。”

“别胡说,泽泽,我忙着呢。”

“你抱我一下就知道我会不会念啦。”

“你等着,泽泽,你要是耍我,有你好看的。”

她把我抱到门后面。

“念吧,我听着呢。”

我真的念了起来。我念出了祷告词,上面说:请求上帝赐福并保佑我们家,驱走邪恶魂灵。

冉迪拉把我放到地上,吃惊地说:

“泽泽,你是背的,你骗我。”

“我发誓,冉迪拉,我什么都会念。”

“没学过,谁都不会认字。是埃德蒙多伯伯教你的?是丁丁娜?”

“谁都没教我。”

她指着报纸上的一篇文章让我念。念就念,我全念对了。她大叫一声,喊来了格洛里亚。格洛里亚不知所措,去找阿莱德。只十分钟,一大帮街坊邻居都跑来看“新鲜事”。

这就是托托卡想知道的那件事情。

“是他教你的,还许诺如果你跟他学,他给你小马。”

“不是,真的不是。”

“我问他去。”

“问就问。我也说不清是怎么回事，托托卡，我要是知道，早就告诉你啦……”

“咱们走吧。你等着瞧，别想让我帮你任何事！”

他生气地抓起我的手，拉着我回家。这时，他想出了一个报复我的办法。

“干得好啊！这么早就会认字了，你这个傻瓜！现在好啦，二月份你就给我上学去。”

这是冉迪拉的主意。这样一来，整个上午家里就能清静了，而我也可以开始学一些规矩。

“咱们再练练过马路，别想你上学让我给你当跟班，以后都得你自己过马路。你不是聪明吗？这个也马上学会看看！”

“这是你要的小马。现在，念给我听听吧。”

他打开报纸，指着一个药品广告让我念。

“此产品各大药房和专卖店有售。”

埃德蒙多伯伯跑到后院去叫丁丁娜。

“妈,他连‘药房’都念对了。”

他们两人一起拿东西让我念,我全都念对了。

奶奶嘟囔着说世道变了。

我赢了小马,再次拥抱了埃德蒙多伯伯。他托着我的下巴,激动地说:

“你前程远大,小坏蛋,你的若泽[①]这个名字可不是随便取的,你会是一个太阳,众星都围着你闪耀。”

我看着他,没有听懂他的话。我在心里想,他真的是有点儿“疯疯癫癫”。

“这个你现在还不懂,这是埃及那个若泽的故事,等你长大了,我讲给你听。”

我是一个故事迷,越难懂的故事我越喜欢。

我抚摸着我的小马。过了好一会儿,我抬头望着埃德蒙多伯伯,问道:

“伯伯,下星期我是不是就能长大了?”

---

① 若泽:英文念约瑟,《圣经·旧约》中以色列人祖先雅各和妻子拉结的儿子。约瑟因善于解梦而得到埃及法老的宠爱,当上了高官。泽泽是若泽的昵称。

第二章

会说话的甜橙树

在家里，哥哥姐姐要照看弟弟妹妹。冉迪拉照看格洛里亚和一个后来被送到北方去的妹妹，托托卡是她的助手。一直到不久以前，都是拉拉在照看我。她本来喜欢我，后来她好像烦我了，也许是因为她爱上了她的男朋友，一个像歌星似的穿着肥肥的裤子、超短上衣的公子哥儿。我们星期天去火车站“散步”的时候（这是她男朋友说的），他总是给我买糖吃，这让我很开心，这样，我回到家就什么都不说。我也不能问埃德蒙多伯伯他们是怎么回事，不然，别人就会发现了……

我有一对弟弟妹妹，很小就死了，我只是听别人说起过他们。听说他们两个都是皮纳热印第安人[①]。他们皮肤黢黑，头发又黑又直，妹妹叫阿拉希，弟弟叫儒兰迪尔。

后来，我的小弟弟路易斯出生了。照顾他最多的是格洛里亚，然后是我。实际上，他从来不给别人添麻烦，因为没有比他更漂亮、更乖、更安静的孩子了。

正是因为这个原因，当我已经准备上街“打天下”的时候，一听到他准确无误地说出他要说的话，我就改变了主意。

“泽泽，你能带我去动物园吗？今天不会下雨，是不是？”

多可爱啊，他说话一点儿错误都没有。这个男孩将来肯定是一个人物，肯定前程远大。

我望了一眼晴朗的天，没有勇气撒谎。因为有的时候，我不想去，就会说：

“你疯啦，路易斯，你看暴风雨就要来了！”

这一次，我决定拉着他的小手，一起到后院去历险。

---

① 皮纳热印第安人：巴西印第安人的一个分支，主要居住在北部的托坎廷斯州。

后院分成三个游戏区：动物园；儒利尼奥家的篱笆墙旁边那个地方叫欧洲。为什么叫欧洲，连我心里的小鸟也不知道。在那里，我们玩坐甜面包山[①]缆车的游戏。我拿来装纽扣的盒子，把所有的扣子用一根麻绳穿成一串（埃德蒙多伯伯管它叫"串珠"）。我以为他说的"串珠"就是"骏马"的意思，他解释说这两个词写法上有点相似，还告诉我"骏马"的写法。然后，我把绳子的一头拴在篱笆上，另一头套在路易斯的手指尖上。我把所有的扣子推到一头，然后让它们一个一个慢慢地滑下来。每辆缆车上都坐满了我们认识的人。有一辆颜色黢黑的车，那是黑人比里基尼奥的车。当我们玩缆车游戏时，经常听到从另一个院子传来的声音：

"你不是又在糟蹋我的篱笆墙吧，泽泽？"

"没有，迪美琳达太太，不信你来看啊。"

"这我才高兴呢，和弟弟好好玩儿吧，真乖。"

我本来可以更乖的，可是当我"干爸"魔鬼推我一下的时候，我最开心的事情就莫过于淘气了……

"迪美琳达太太，圣诞节的时候你能像去年那样给我一

---

① 甜面包山：巴西里约热内卢市的标志和旅游胜地，山体为圆锥形，十分陡峭，高395米，游客可乘坐电缆车登上山顶俯瞰城市全貌。

张年历吗？”

“你用我给你的年历做什么了？”

“你到我家去看呗，迪美琳达太太，挂在面包袋上方的墙上呢。”

她笑着答应了。她的丈夫在希科·佛朗哥商店上班。

还有一个游戏区里住着路西亚诺。刚开始的时候，路易斯非常怕它，拉着我的裤子求我带他回家。不过，路西亚诺是好朋友，它一看见我，就使劲儿尖叫起来。格洛里亚也不喜欢它，说蝙蝠是吸血鬼，专吸小孩儿的血。

“你说的不对，格格，路西亚诺不像你说的那样，它是朋友，它认识我。”

“你真是个动物迷，就喜欢跟它们说话……”

要想说服她同意路西亚诺不是动物简直太难了。路西亚诺是一架在阿丰索空军基地上空飞翔的飞机。

“看啊，路易斯。”

路西亚诺高兴地围着我们飞，好像听懂了我们说的话。它真的能听懂。

“它是一架飞机，正在表演……”

我说不下去了。我还得去找埃德蒙多伯伯，让他再给我

讲一遍。我不知道那是叫“特戏”、“特技”，还是“特剧”。反正是这一类的，只不过我不能教错了弟弟。

不过，他现在想去动物园。

我们来到鸡窝旁边，里面有两只浅色羽毛的母鸡正在地上刨食，那只老一点儿的黑母鸡特别温顺，我们都可以用手摸它的头。

“咱们得先买票。拉着我的手，人多你会走丢的，现在你知道星期天人有多多了吧？”

他向四周看了看，发现到处都是人，于是，更紧地拉着我的手。

来到售票处，我挺起胸，清了清嗓子，显得我是一个重要人物。我把手伸进兜里，问窗口里的女售票员：

“几岁以下的小孩儿可以免票？”

“五岁。”

“请给我一张大人票。”

我捡了两片甜橙树的叶子当门票。我们走进了动物园。

“孩子，我要先让你看看美丽的鸟类。瞧，各种颜色的八哥、鹦鹉，还有金刚鹦鹉，那些身上有好多颜色的是彩虹金刚鹦鹉。”

弟弟着迷地瞪大了眼睛。

我们慢慢地走，边走边看。我们看到那么多东西，直到我在这些东西后面看见了格洛里亚和拉拉，她们正坐在凳子上剥橙子。拉拉眼神怪异地看着我。她们是不是发现了？说不定逛完动物园，有的人的屁股就要尝尝拖鞋底的滋味了。那个人不是别人，肯定是我。

“泽泽，现在呢？现在咱们去看什么？”

我又清了清嗓子，端着架子。

“咱们现在去猴子笼，就是埃德蒙多伯伯总爱说的‘猿猴’。”

我们买了几个香蕉扔给猴子。我们知道这样做是被禁止的，但是，因为人很多，警卫根本看不见。

“别离猴子太近，它们会朝你扔香蕉皮的，小不点儿。”

“我想看狮子。”

“咱们马上就到了。”

我朝那两个吃橙子的“猿猴”待的地方看了一眼。从狮子笼那边，可以听到她们的谈话。

“到了。”

我指着两头黄颜色的纯种非洲母狮子说。弟弟立刻想去摸那只黑豹子的头……

“别干傻事儿，小不点儿，那只黑豹子是动物园里最厉害的，它被送来之前已经咬伤了十八位驯兽员的胳膊，把他们全吃掉了。”

路易斯脸上露出害怕的样子，缩回了手。

“它是从马戏团来的吗？”

“对。”

“从哪个马戏团，泽泽？你以前可没跟我说过。”

我想啊，想啊。我认识的人里面，谁的名字像马戏团的名字呢？有了！它是从罗森博格马戏团来的。

“那不是糖果店吗？”

看来很难骗过他，他开始知道很多事情了。

“是另一家。咱们坐一会儿吃点儿点心吧，咱们走了好半天了。”

我们坐下来假装吃东西。可是，我的耳朵没闲着，在听她们讲话。

“咱们应该学学他，拉拉，瞧，他对小弟弟多耐心啊。”

“没错。可是，路易斯从来不干他干的那些事，他就是坏，已经不单是淘气了。”

“你说的没错，他天生就是一个小魔鬼，尽管如此，他还是很有趣啊，不管他多淘，这条街上的人谁都不会对他发脾气……”

“瞧吧，他要不挨鞋底，别想过我这一关。总有一天，他会长记性。”

我用眼睛向格洛里亚射出一支感激的箭，她总是救我，我总是向她保证再也不淘气了……

“以后再说吧，现在可别，他们正玩儿得高兴呢……”

她什么都知道了。她知道我是从水沟钻进塞莉纳太太家后院的。我被那根晾衣服的绳子迷住了，裤腿和衣袖在绳子上随风飘来飘去。就在那个时候，我的魔鬼干爸对我说，如果让那些裤腿和袖子一齐掉下来，一定很好玩。我同意它的话。我在水沟里找到一个很锋利的玻璃片，爬到甜橙树上，耐心地割断了绳子。

绳子上的衣服掉到地上的同时，我也差点儿掉到了地上。只听有人大喊一声，所有的人都跑来了。

“快来人啊，绳子断了！”

可是，一个更大的声音不知从哪里冒了出来：

“是保罗先生家的那个小畜生干的，我看见他拿着玻璃片儿爬上了甜橙树……”

“泽泽？”

“怎么啦，路易斯？”

“告诉我，你怎么知道那么多动物园的事情？”

“我这辈子去过好多动物园呢。”

我在撒谎，我知道的一切都是埃德蒙多伯伯告诉我的，他还答应哪天带我去呢。可是，他走路那么慢，等我们到动物园的时候，也许什么都没有了。托托卡和爸爸去过一次。

“我最喜欢的是伊莎贝尔镇的德鲁蒙德男爵街那个动物园。你知道德鲁蒙德男爵是谁吗？你肯定不知道，你还太小，这些事你不懂。这个男爵可能是上帝的朋友，因为就是他帮助上帝发明了‘动物大赢家’彩票[①]和动物园。等你长大了……”

她们两人还在那儿聊天。

“等我长大就怎么了？”

“你这个小孩儿问题真多，等你长大了，我教你认识动物和它们的编号，二十号以内的我全知道。从二十到二十五号，

---

① “动物大赢家”彩票：巴西里约热内卢伊莎贝尔镇动物园创始人德鲁蒙德男爵于1892年设立的一种彩票。彩票用二十五个数字(1~25)为动物园的二十五种动物编号，每个数字对应一种动物，每天通过摇奖抽取一个号码为当天的幸运奖，获奖者可得现金作为奖励。

我知道有奶牛、公牛、熊、鹿和老虎，但是我不知道它们的顺序，不过，我会去学，免得教错你。”

弟弟玩游戏玩累了。

“泽泽，你给我唱一个《小房子》吧。”

“在这儿？动物园里？这里人太多。”

“不多，我们已经出来了。”

“歌词太长，我就唱你喜欢的那段吧。”我知道他喜欢关于知了的那段。

我大声唱起来。

你知道我来自何方，
我来自一座小房子，
它在果园旁边。
……
那是一座小房子，
在高高的山冈上，
遥望大海。
……

我跳过几句。

在高高的椰子树上，
在落日金色的余晖里，
知了在歌唱。
站在海边遥望远方，
一只夜莺，
在泉边歌唱。
……

我停下来。她们还守在那边等我。我有了一个主意：我要在这儿一直唱到天黑，她们没办法，肯定会放弃。

可是，我唱什么呢？我唱完了整首《小房子》，又唱了一遍，接着，我唱了《露水爱情》，甚至还唱了《拉莫娜》，“拉莫娜”的两个版本我都唱了一遍。后来，就没有会唱的了。我没招儿了，还是让这一切快点结束的好。我走了过去。

“来吧，拉拉，揍我吧。”

我转过身，撅起屁股，咬紧牙关，因为拉拉用鞋底抽我的时候下手可狠啦。

这个主意是妈妈出的。

“今天,咱们大家都去看房子。”

托托卡把我叫到一边,小声对我说:

“你要是敢说咱们已经去看过新房子,瞧我揍扁了你。”

可是,我根本没有想到这个。

我们一大群人走在街上。格洛里亚拉着我的手,命令我连一分钟都不许松开。我拉着路易斯的手。

“妈妈,咱们什么时候搬家?”

妈妈有些悲伤地回答格洛里亚说:

“圣诞节之后两天,咱们就必须开始收拾行李了。”

她的声音听起来很累很累。我为她难过,妈妈天生是干活的命。工厂开工的时候她才六岁,就被送进去了。他们让妈妈坐在一张台子上,她必须不停地清洗那些铁家伙。她那么小,自己从台子上下不来,结果常常尿裤子。她从来没有进过学校,也不识字。我知道了她的故事以后特别伤心,我发誓等我当上诗人、变成一个有知识的人的时候,我要给她念我写的诗……

圣诞节首先来到了商场店铺,所有的玻璃门窗上都画上了圣诞老人的像。好多人正在买圣诞贺卡,这样,到了圣诞节那天就不用去商店挤来挤去。我隐约感到自己有一个愿望,希望这次圣婴是专为我一个人降生的,这样,等我到了懂事的年龄,也许就会变得好一点儿。

"就是这里。"

面对新房子,大家惊呆了。这座房子稍微有点儿小。托托卡帮妈妈扭开锁住院门的铁丝,我们走了进去。格洛里亚松开了我的手,忘记自己已经是一个大姑娘了,跑过去一下抱住了芒果树。

"芒果树是我的,我先摸到的。"

托托卡抱住了罗望子树。

什么都没有给我剩。我看着格洛里亚,几乎要哭了。

"那我呢,格格?"

"快去后院,那里肯定还有树,傻瓜。"

我跑到后院,可是,这里只有一些长得很高的龙爪草、几棵带刺的老甜橙树,靠近水沟的地方有一棵小小的甜橙树。

我很失望。大家都在看新家的各个房间,分配谁应该住哪间。

我拉了一下格洛里亚的裙子：

“后院什么都没有。”

“你不会找。等着，一会儿我给你找一棵树。”

过了一会儿，她和我一起来到后院。她看了看甜橙树。

“你不喜欢那一棵？瞧，多漂亮的甜橙树啊。”

我哪棵都不喜欢，连那棵我也不喜欢，没有一棵是我看得上的，它们全都带好多刺儿。

“我宁愿要这棵甜橙树，也不要那些难看的树。”

“在哪儿？”

我们走到树边。

“多漂亮的甜橙树啊！瞧，连一个刺都没有，它多有特点啊，从老远的地方就能看出它是一棵甜橙树。我要是你，才不要别的树呢。”

“可是，我就想要一棵大树。”

“你可想好了，泽泽，它现在是小，可是，肯定能长成一棵高大的甜橙树，它会和你一起长大，你们两个互相了解，就像亲兄弟一样。你注意它的树枝了吗？没错，它只有一根树枝，可是，它多像一匹小马，等着你骑上去呢。”

我觉得自己是世界上最倒霉的人，我想起家里的一个酒

瓶上画的苏格兰天使。拉拉说:“这个是我。”格洛里亚指着另一个说那个是她。托托卡也选中了一个。我呢?我就是第四个苏格兰天使,他在最后面,只露出一个小脑袋,几乎连翅膀都看不见,根本就不是一个完整的天使……我总是那个垫底的。等我长大了,让你们好好看看。我要买下整个亚马孙森林,所有长得和天那么高的大树全是我的。我还要买一仓库酒瓶,上面全是天使,谁也别想得到一片翅膀。

我垂头丧气,背靠着甜橙树坐在地上。格洛里亚笑着走开了。

“一会儿你就不生气了,泽泽,你会发现我说的有道理。”

我用一根小棍抠着地面,不再哼唧了。这时,我听到一个声音在说话,我不知道它是从哪儿传来的,但是,离我的心很近。

“我认为你姐姐说的有道理。”

“所有的人都有道理,就是我没有。”

“不是这样的,你好好看看我,你就知道她有道理了。”

我吓得一下子站了起来,看了一眼小树,觉得很奇怪。我以前总爱和所有的东西聊天,所以,我以为自己刚刚听到的是我心里的那只小鸟的声音。

“你真的会说话？”

“你不是听见了吗？”

它轻轻地笑了一下。我几乎要大叫着逃出后院去。可是，好奇心拴住了我。

“你用哪个部位说话？”

“我可以用任何部位说话，可以用树叶、树枝、树根说话。不信？你把耳朵贴到我的身上来，你就能听到我心脏跳动的声音了。”

我有点儿拿不定主意，可是看到它那么小，我就不再害怕了。我把耳朵贴到树的身上，隐约听到“咚……咚……”的声音。

“听见了吗？”

“告诉我，大家都知道你会说话吗？”

“不，只有你一个人知道。”

“真的？”

“我发誓。有一个仙女跟我说，要是一个和你一模一样的小男孩跟我交朋友，我就会说话，而且我就会非常非常开心。”

“那你愿意等等吗？”

“等什么？”

“等我搬过来啊。可能要等一个多星期呢，到那个时候，你不会忘记怎么说话吧？”

“绝对不会。不过，我只跟你说话。你不想试试我有多光滑？”

“可我怎么……”

“骑到我的树枝上来。”

我爬上了树枝。

“现在你摇晃几下，闭上眼睛。”

我照它说的做了。

“怎么样？你骑过比这更棒的小马吗？”

“没有。太棒啦，我可以把我那匹‘月光马’送给我的小弟弟了。知道吗，你肯定会喜欢他的。”

我兴奋地从我的甜橙树上溜下来。

“听着，我要去办一件事。在搬过来之前，只要有可能，我就会来和你聊天……现在，我得过去了，他们在前院的人要走了。”

“不过，好朋友不能这样说走就走啊。”

“嘘！她来了。”

格洛里亚来的时候，我正巧在和树拥抱。

"再见，朋友，你是世界上最漂亮的！"

"我跟你说什么来着？"

"对，你说得对，现在，你们就是拿芒果树和罗望子树来交换，我也不会给。"

她温柔地用手胡噜胡噜我的头发。

"小家伙，你这个小家伙！"

我们手拉着手离开了后院。

"格格，你不觉得你的芒果树有点儿傻乎乎的？"

"我还没来得及仔细看呢，好像有点儿吧。"

"那托托卡的罗望子树呢？"

"有点儿丑。怎么啦？"

"我不知道现在该不该跟你说，不过，有一天，我会告诉你一个奇迹，真的，格格。"

第三章

贫穷伸出干枯的手指

埃德蒙多伯伯听了我的问题之后，严肃地问我：

“哦，原来你担心的就是这个，泽泽？”

“对，就是这个。我担心搬家的时候，路西亚诺不跟我们走。”

“你觉得蝙蝠很喜欢你？”

“不光喜欢……”

“真的喜欢？”

“当然啦。”

“那你就放心吧，它会跟你们去的。可能它会晚一点儿出现，但是总有一天它会找到你们。”

“我已经告诉它我们要搬去的那条街和门牌号了。”

“那就更容易了。如果它有事去不了，它会让它的兄弟或者亲戚去，你可能都看不出来呢。”

我还是不放心。路西亚诺又不识字，我给它街道和门牌号有什么用？也许它会去问小鸟、螳螂或者蝴蝶吧。

“别担心，泽泽，蝙蝠有很好的方向感。”

“有什么，伯伯？”

他给我解释什么是“方向感”，我更加佩服他有学问了。

我的问题解决了。我跑到街上把我们要搬家的消息告诉所有的人，好多大人高兴地对我说：

“你们要搬家，泽泽？太好啦！太棒啦！这下我们可以松口气啦！”

只有比里基尼奥没有表现出很吃惊的样子。

“不就是另一条街嘛，离我们很近。我跟你说的那件事……”

“什么时候？”

“明天八点在班古赌场门口，人家说工厂老板让人买了一卡车玩具呢，你去不去？”

“我去，我带路易斯一起去。我还能得到玩具吗？”

“当然啦，你这么大点儿的臭小子没问题。你以为你已经是大人了？”

他走到我身边，让我觉得自己还是一个小不点儿，比我以为的还要小。

“要是我能得到……不过，我现在得去做件事情了，我们明天在那儿见面吧。”

我回到家，开始缠着格洛里亚。

“怎么啦，小不点儿？”

“有一辆卡车要从城里来，装的全是玩具，你肯定可以带我们去。”

“你瞧，泽泽，我有好多活儿要干呢，我得熨衣服，帮冉迪拉收拾搬家的东西，我还得照看炉火上的锅……”

“雷亚伦戈军校的学生也来。”

格洛里亚喜欢收集影星鲁道夫·瓦伦蒂诺[①]的照片，管

① 鲁道夫·瓦伦蒂诺（1895—1926）：美国电影默片时代的影星。

他叫“鲁迪”，还把他的照片贴在一个本子上。除此之外她还特别喜欢军校生。

“你什么时候在早上八点钟见到过军校生？你以为我是傻瓜啊，小家伙？玩儿去吧，泽泽。”

可是我不走。

“格格，你知道，我真的不是为了我自己，但是我已经答应路易斯带他去，他那么小，像他这种年龄的孩子，就盼着圣诞节呢。”

“泽泽，我已经跟你说过我不去。那不过是你的借口，其实，就是你自己想去。你这辈子有的是时间过圣诞节……”

“那如果我死了呢？没准儿我连这个圣诞节都没过就死了。”

“你才不会这么小就死呢，小老头儿，你会活埃德蒙多伯伯或者贝内迪托先生双倍的年龄还要长。好啦，不跟你说了，去玩儿吧。”

可是，我不肯走。我就在那儿待着，让她觉得我是她的“眼前花儿”。她去橱柜不知取什么东西，就会看见我坐在摇椅上，眼睛里露出恳求的目光。恳求的目光对她很有效。她去水池打水，我就坐在门槛上看着她。她进屋去收拾要洗的衣服，我就坐在床上，用手托着下巴看着她……

最后，她受不了了。

“够了，泽泽，我已经说了我不去，不去。看在上帝的分上，别再考验我的耐心了，一边玩儿去吧。”

可是，我就不走。我的意思是我根本不想走开。可是，她抓住我，把我抱到屋外，放到院子里。她回到屋里，关上了厨房和客厅的门。我没有放弃。我坐在她要经过的每一扇窗户前。现在，她开始打扫房间，整理床铺。她看见我一直盯着她，就把窗户也关上了。最后，为了不再看到我，她把整个房子都关得严严实实。

“女妖精！赖皮母驴！你永远别想嫁给军校生！让你嫁给大头兵，一个连鞋油都买不起的大头兵！”

我发觉自己真的是在浪费时间，便气呼呼地冲出家门，回到了街上。

在街上，我发现纳尔丁诺蹲在地上专心地在鼓捣什么东西。我走过去，看见他用火柴盒做了一辆小车，里面有一只金龟子。我从来没见过这么大的金龟子。

“天啊！”

“个儿很大，是不是？”

“想换吗？”

"拿什么换?"

"你要是愿意,明星照片……"

"几张?"

"两张。"

"开玩笑!这么大的金龟子,你才出两张。"

"这样的金龟子,埃德蒙多伯伯家的水沟里有的是。"

"三张我就换。"

"三张就三张。那你不许挑。"

"那不行,至少两张,我自己挑。"

"好吧。"

我给了他一张劳拉·拉普兰特[1]的照片,因为我有好几张重复的。他挑了一张胡特·吉布森[2]和一张帕奇·鲁斯·米勒[3]。我拿起金龟子装进衣兜里离开了。

---

① 劳拉·拉普兰特(1904—1996):美国女影星。
② 胡特·吉布森(1892—1962):美国西部电影影星。
③ 帕奇·鲁斯·米勒(1904—1995):美国女影星。

“快点儿，路易斯，格洛里亚买面包去了，冉迪拉正在摇椅上看报纸。”

我们大气不敢出一声地溜过走廊。我带他去尿尿。

“多尿一点儿，白天可不能在大街上尿尿。”

我在水池边给他洗了洗脸，我自己也洗了一把脸，然后，我们回到屋里。

我一声不响地帮他穿好衣服，又帮他穿好鞋。最麻烦的是袜子，总是添乱。我给他扣上蓝外套的扣子，然后找来梳子。可是，他的头发老是梳不平。我得想个办法。可是到处都找不到能用的东西，也找不到头油和发胶。我到厨房用手指挖了一块猪油回来。我把猪油在手心搓了搓，又闻了闻。

“一点儿味儿都没有。”

我把猪油抹到路易斯的头发上，给他梳了梳，这下他的头发好看了，细细的鬈发使他看上去就像背着小羊羔的圣约翰①。

“现在你好好站着，别弄皱了衣服。我自己穿衣服去了。”

① 圣约翰：耶稣的十二门徒之一。

我一边穿裤子和白衬衫，一边打量小弟弟。

“他真漂亮！在班古，没有人比他更漂亮。”

我穿上球鞋，这双鞋我得坚持穿到明年上学。我又看了一眼路易斯。

他那么漂亮、利索，长大一点儿的圣婴就是这个样子。我敢打赌，人家一看见他，肯定会给他好多好多礼物……

忽然，一阵沙沙声吓了我一跳。是格洛里亚回来了，她把面包放到了桌子上。每当有面包的日子，就能听到那种纸袋发出的沙沙声。

我们手拉着手走出去，站到她面前。

“瞧，格洛里亚，他漂不漂亮？是我给他收拾的。”

她没有生气，而是靠在门上，眼睛看着天。她低下头的时候，我看见她的眼睛泪汪汪的。

“哦，你也很漂亮，泽泽！……”

她跪下来，把我的头搂到怀里。

“我的上帝！为什么有些人的生活这样艰难？……”

她克制住自己，帮我们整理了一下衣服。

“我说过我不能带你们去，我真的不能去，泽泽，我有好多好多事情要做。先吃早饭吧，我再想想办法。即便我想去，

我也来不及准备啊……”

她给我和路易斯倒好咖啡，切了面包，发愁地看着我们两人。

“你们非要得到那些破玩具？人家才不会把什么好东西送给这么多穷人呢。”

她停了一下，接着说：

“也许这是唯一的机会，我不能不让你们去……可是，我的上帝，你们这么小……”

“我会好好照顾他的，我会一直拉着他的手，格格。而且我们又不用过里约－圣保罗路。”

“就算是这样，也有危险。”

“不会，不会，我有‘方向感’。”

她苦笑了一下。

“你还知道这个，谁教你的？”

“是埃德蒙多伯伯。他说路西亚诺有‘方向感’，路西亚诺比我小，连它都有‘方向感’，那我更有啦……”

“我和冉迪拉商量一下。”

“那是浪费时间。冉迪拉肯定同意让我们去，她就知道看小说，想她的男朋友，才不管我们去不去呢。”

“那这样吧，你们快把早饭吃完，咱们去院门口，如果有熟人顺路去那边，我就让他带你们去。”

为了不耽搁时间，我连面包都不想吃了。我们来到院门口。

没有一个熟人经过，只有时间一分一秒溜走。可是，终于有熟人来了：邮递员派尚先生朝我们走过来。他摘下帽子问候了格洛里亚，答应带我们去。

格洛里亚吻了路易斯和我，开心地微笑着问：

“你说什么大头兵和靴子……”

“那是我瞎说的，可不是我的真心话。你一定会嫁给一个肩膀上全是星星的空军少校。”

“你为什么不找托托卡一起去？”

“托托卡说他不去，说不想带‘累赘’。”

我们上路了。派尚先生让我们在前面走，他自己先挨家挨户去送信，然后，加快脚步追上我们。我们就这样一路走着来到了里约－圣保罗路。派尚先生微笑着说：

“孩子们，我的事情很急，我的工作已经被你们耽误了。现在你们自己去吧，前面已经没有危险了。”

说完，他夹着装信和报纸的邮包急急忙忙地走了。

我气愤地想：

“胆小鬼！你答应格洛里亚带我们去的，可是，却把我们两个小孩儿丢在街上。”

我更紧地拉着路易斯的手，继续向前走去。他开始感觉累了，步子越来越慢。

“快走，路易斯，马上就到了，那儿有好多玩具呢。”

他稍微加快了脚步，可是不一会儿就又落后了。

“泽泽，我累了。”

“我背你走一会儿，好吗？”

他张开胳膊，我背着他走了一段路。哎哟，他重得像铅块。当我们走到进步街的时候，我已经累得气喘吁吁了。

“现在你自己再走一会儿吧。”

教堂的钟敲了八下。

“现在怎么办？我们本来应该七点半到那儿的。不过，没关系，那儿有好多人，肯定会有剩下的玩具。满满一卡车玩具呢。”

“泽泽，我脚疼。”

我蹲下来。

“我把你的鞋带放松一点儿就好了。”

我们越走越慢，好像永远也走不到商场，而且我们得先走到公立小学，然后在班古赌场街向右转。糟糕的是，时间故意走得飞快。

当到达目的地的时候，我们已经快要累死了。可是那儿一个人也没有，好像没有发过玩具一样。不，肯定发过了，因为街上到处都是揉成团的包装纸，沙地上撒满了花花绿绿的纸屑。

我不安起来。

我们走到商场的对面，科基诺先生正要关上赌场的大门。

我气喘吁吁地问看门人：

“科基诺先生，全都结束了？”

“全结束了，泽泽，你们来得太晚啦，刚才这里简直是一片人海。”

他关上半扇门，和蔼地笑着说道：

“什么也没剩下。连我那几个外甥都没拿到。”

他把整个门关上，走到大街上。

“明年你们可得早点儿来，小瞌睡虫！”

“没关系。”

其实很有关系。我又难过又失望，宁愿死也不愿意看到这样的事情发生。

“我们在这儿坐一会儿休息休息吧。”

“我渴了，泽泽。”

“经过罗森博格先生的糖果店的时候，咱们要一杯水，两人喝一杯就够了。”

直到这个时候，他才明白我们遇到了倒霉的事情。他默默地看着我，噘着嘴，眼睛里全是泪水。

“没关系，路易斯。你知道我的小马‘月光’吧？我让托托卡给它换一个把儿，当圣诞老人的礼物送给你。”

路易斯用力吸了一下鼻子。

“别这样，你可是国王呢，爸爸说他给你起‘路易斯’这个名字，就是因为这是国王的名字。国王可不能在大街上当着别人的面哭鼻子，知道吗？”

我把他的头搂在胸前，抚摸着他的鬈发。

“等我长大了，我要买一辆和曼努埃尔·瓦拉达雷斯先生那辆车一样漂亮的小汽车，就是那个葡萄牙人的车，记得吗？就是有一次咱们在火车站和‘曼加拉迪巴’号告别的时候从咱们旁边开过去的那辆。没错，我就是要买一辆那样漂亮的车，里面装满礼物，全是送给你一个人的……别哭啊，国王可不哭鼻子。”

我的胸膛难受得快要爆炸了。

“我发誓，我一定要买，就是去杀、去抢我都不怕……”

这不是我心里的小鸟说的，肯定是我的心脏自己说的。

为什么会这样？为什么圣婴不喜欢我？他连马槽里的牛啦、驴啦都喜欢，就是不喜欢我。他要报复我，因为我是魔鬼的干儿子。他就是要报复我，不让我给弟弟礼物。可是，他不该这样对待路易斯，因为路易斯是天使。天上的天使也没有一个比得上他……

唉，真没出息，我的眼泪流了下来。

“泽泽，你哭了……”

“一会儿就好了。我可不像你，你是国王，我就是一个没用的人，一个坏孩子，一个很坏的孩子。真的。”

“托托卡，你又去新家了吗？”

“没有。你去过？”

“只要有空，我就去。”

“为什么？”

“我想看看明基诺好不好。”

"'明基诺'是什么鬼东西?"

"那是我的甜橙树。"

"你给它取的这个名字倒很般配。你就是会取。"

他笑了一下,继续打磨着手里的东西,那是"月光马"的新身体。

"它好吗?"

"它一点儿都没长。"

"你要是老看着它,它就不长了。好看吗?你要的就是这样的把儿吗?"

"对。托托卡,你怎么什么都会做?你会做鸟笼、鸡窝、猪圈,会修篱笆墙、栅栏门……"

"因为不是所有的人都天生要做打着领结的诗人啊。不过,只要你愿意,就能学会。"

"我觉得不是这样,当诗人必须有'志向'。"

托托卡停了一下手里的活儿,又好笑又好气地看着我,他猜我可能又是从埃德蒙多伯伯那儿学的这个新词。

丁丁娜早早来到我们家,正在厨房里给炸面包片淋上红酒。这就是我们圣诞晚餐的唯一食品了。

我对托托卡说:

“你瞧，有的人连这个也吃不上呢，是埃德蒙多伯伯出钱买的酒和明天午饭的水果沙拉。”

托托卡心甘情愿地帮我干活儿，因为他已经知道了班古赌场那件事情。至少，路易斯可以得到一件礼物了。虽然这是一件用过的旧东西，可是，它很漂亮，是我的心爱之物。

“托托卡。”

“怎么了？”

“我们真的一件圣诞老人的礼物也得不到吗？”

“我觉得得不到。”

“说真的，你觉得我真像大家说的那么坏吗？”

“要说你坏不坏嘛，你不坏。问题是你天生就是个调皮鬼。”

“我真希望圣诞节到来的时候，我不调皮！我真希望在我死之前，哪怕就一次，为我降临的是圣婴，而不是小魔鬼。”

“没准儿明年……你为什么不学学我，像我这样呢？”

“像你什么？”

“我从来不期待什么，没有希望就没有失望。就算是圣婴，也不像大家说的那么好，神父和教义里……”

他停顿了一下，拿不准是不是该把心里想的都说出来。

“那怎么办呢？”

“算了，这么说吧，你很淘气，根本不该得到礼物。可是，路易斯呢？”

“他是天使。”

“那格洛里亚呢？”

“也是。”

“那我呢？”

“你嘛，你有的时候有点儿……有点儿……爱拿我的东西，不过，你对我很好。”

“还有拉拉呢？”

“她爱使劲儿打人，可是，她是好人，以后她会给我做领结。”

“那冉迪拉呢？”

“冉迪拉有点儿那样，可是，她也不坏。”

“那妈妈呢？”

“妈妈特别好，她揍我，可是心疼我，轻轻地揍我。”

“那爸爸呢？”

“唉！这个我可不知道，他从来都不走运，我是咱们家的坏孩子，我觉得他和我一样。”

“看，咱们家所有的人都是好人，为什么圣婴对我们不好？你看福尔哈伯医生家，那么一大桌子吃的。维拉斯－博阿斯家也是。阿道克斯·卢斯医生家就更不用说了……”

我第一次看见托托卡快要哭了。

“所以我觉得，圣婴生在穷人家里就是为了做做样子，事实上，他的眼睛里只有有钱人……算了，咱们别说这个了，也许我说这样的话是个大罪过呢。”

托托卡沮丧得不想再聊下去，他眼睛盯着正在做的小马的身体，连眼皮都不抬一下了。

圣诞晚餐那么凄惨，我连想都不愿意再想它了。大家默默地吃着，爸爸只尝了几口炸面包片，他连胡子也不想刮，什么心情都没有。大家甚至连午夜弥撒都没有参加。最糟糕的是，大家谁都不跟谁讲话，好像我们不是在过圣诞节，而是在为圣婴守灵。

爸爸拿起帽子走了出去。他是穿着凉鞋走的，连“再见”也没有说一声，也没有祝大家圣诞快乐。我觉得就是因为这个原因，这个节日大家都不快乐。丁丁娜掏出手绢擦了擦眼睛，让埃德蒙多伯伯带她回家。埃德蒙多伯伯在我手里放了

一个五毛钱的硬币，又给了托托卡一个。也许他想多给一点儿，可是他也没有钱。也许他根本没有觉得是给了我们，而是给了他在城里的孩子们。所以，我抱了抱他。这也许就是圣诞节的晚上唯一的拥抱。没有人拥抱，也没有人想对别人说祝福的话。妈妈回到自己的房间。我敢说她正一个人偷偷地哭呢。大家都想哭。拉拉把埃德蒙多伯伯和丁丁娜送到院门口，看着他们很慢很慢地走远以后，说：

"他们好像岁数太老太老了，对一切都厌倦了……"

最让我们伤感的是，教堂的钟声让圣诞夜充满了快乐的声音。一些爆竹升上了天空，这样，上帝就能看见别人的快乐了。

我们回到屋里的时候，格洛里亚和冉迪拉正在洗餐具。格洛里亚眼睛红红的，好像刚刚大哭了一场。

她一边掩饰着，一边对托托卡和我说：

"孩子们，该上床睡觉了。"

她说着，看了看我们。她知道现在已经没有什么"孩子们"了。大家全都是大人了，全都是难过的大人了，正把悲伤当作圣诞晚餐慢慢地咀嚼着。

电力公司断了我们的电以后，我们用的是昏暗的油灯，也许这是一切的罪魁祸首吧。也许。

只有小国王是快乐的，他嘴里含着一个手指头睡着了。我把小木马紧挨着他身边放好，忍不住轻轻摸了摸他的头发。我的声音像一条温柔的大河。

“我的小宝贝。”

整个房间陷入了黑暗之中。我小声问：

“炸面包片挺好吃的，是不是，托托卡？”

“不知道。我没吃。”

“为什么？”

“我什么也咽不下去，好像有什么东西堵在嗓子眼儿……睡吧，睡着就全忘了。”

我爬起来，弄得床发出一阵响声。

“你去哪儿，泽泽？”

“我把我的球鞋放到门外边。”

“算了，别去了，不放还好些。”

“我要放，就要放，没准儿会出现奇迹呢。知道吗，托托卡，我想要礼物，一个就行，但是一定得是新新的，专为我准备的……”

托托卡翻过身去，把脑袋埋到枕头下面。

我一醒来,连忙叫托托卡。

“咱们看看去?我敢说肯定有。”

“我才不想去呢。”

“我去。”

我打开房间的门。球鞋里空空的,我失望极了。托托卡揉着眼睛走过来。

“我说什么来着?”

一股交织着愤恨、反叛和悲伤的情绪从我的心底涌上来,我禁不住大叫道:

“有个穷爸爸真是糟糕透顶!”

我的目光从球鞋移到一双停在我面前的凉鞋上,爸爸正站在面前看着我们。他的眼睛瞪得老大老大,好像比平时一下大了许多,大得可以布满班古电影院的整个银幕,里面充满了悲伤。我从那目光中读出了巨大的悲痛,欲哭无泪的悲痛。他瞪着眼睛看了我们一分钟,然后一言不发地从我们身旁走过去。我们吓得一句话也说不出来。爸爸从柜子上拿起帽子,又上街去了。这时,托托卡拉住了我的胳膊。

“你才是糟糕透顶，泽泽，你简直像蛇一样坏，这就是为什么……”

他激动得说不下去了。

“我没看见他在那儿。”

“坏蛋！你没良心！你知道爸爸失业很久了，就是因为这个原因，昨天，我看着他痛苦的脸，连饭都吃不下。总有一天，等你当了爸爸，你就知道这样的日子有多痛苦了。”

我哭起来。

“我没看见他，托托卡，我真的没看见……”

“走开！你就是个没用的东西，滚！”

我真想跑到大街上，抱住爸爸的腿大哭一场，对他说我真的太坏了，坏透了。可是，我却站在那儿一动不动，不知如何是好。我坐到床上，看着还在原地放着的空空的球鞋，我的心也空空的，狂跳不止。

“我怎么会做出这样的事情，上帝！而且就在今天，大家已经那么难过了，我却还要火上浇油。午饭的时候，我怎么有脸见到爸爸？连水果沙拉我都咽不下去了。”

他像电影银幕那么大的眼睛正目不转睛地看着我。我闭上了眼睛，可是，还是能看到他很大很大的眼睛……

我的脚后跟碰到了我的擦鞋箱，这让我有了一个主意。这样，爸爸也许会原谅我的所有过错。

我打开托托卡的擦鞋箱，向他借了一罐黑色的鞋油，因为我自己的快用完了。我没有跟任何人说就离开了家。我沿着街道走着，难过得连擦鞋箱的重量也感觉不到了，只是觉得爸爸的眼睛好像一直看着我，这让我痛苦不堪。

时间还早，人们可能因为午夜弥撒和圣诞晚餐的原因还在睡觉。街上有很多小孩，相互炫耀着他们的新玩具。这让我更加难过。他们都是好孩子，谁都做不出我干的那种事。

我来到“穷·饿”综合商店附近，希望遇到顾客。商店在这个日子还开门，怪不得人们给它起了这么一个外号。顾客们有的穿着睡衣，有的穿着凉鞋，有的穿着拖鞋，可是没有人穿需要擦的皮鞋。

我没有吃早饭，可是一点儿都不觉得饿。我的痛苦比饥饿的感觉来得猛烈。我来到进步街，绕过市场，坐在罗森博格先生的糖果店外的人行便道上，不知该怎么办。

时间一小时一小时地过去了，我连一分钱都没有挣到。可是，我必须挣到钱。必须。

天气越来越热，鞋箱的带子勒得我的肩膀生疼，我只好不断变换鞋箱的位置。我渴了，就去市场的水龙头那儿喝水。

我坐在公立小学门口的台阶上，不久以后我可能就要进入这家学校了。我无精打采地把鞋箱放在地上，像木偶似的把脑袋耷拉在膝盖上，什么都不想做。过了一会儿，我把脸夹在两腿之间，又用胳膊抱住头。与其两手空空回家去，还不如死了的好。

一只脚踢了踢我的擦鞋箱，一个熟悉而亲切的声音在叫我。

“喂，擦皮鞋的，睡觉可挣不到钱哦。”

我仰起脸，简直不敢相信，是赌场的看门人科基诺先生。他伸出一只脚，我先用布擦，然后，在鞋上淋一点儿水，再把它擦干，最后，小心地涂上鞋油。

“先生，请把裤腿提一点儿。”

他照我说的做了。

“今天还出来擦皮鞋，泽泽？”

“我从来没有像今天这么需要干活儿。”

“圣诞节过得怎么样？”

“一般吧。”

我用刷子敲了一下擦鞋箱，他换了一只脚。我重复着所有的程序，开始擦另一只鞋。擦完之后，我又敲了一下擦鞋

箱，他放下了脚。

“多少钱，泽泽？”

“两毛。”

“大家都收四毛，你怎么只收两毛？”

“等我成了真正好手艺的擦鞋童的时候，才能收那么多钱，现在可不行。”

他拿出五毛钱交给了我。

“您可不可以过后再付给我？我还没有钱找给您呢。”

“不用找了，留着过圣诞节吧，回头见。”

“节日快乐，科基诺先生。”

他也许是因为三天前发生的事情才来擦皮鞋的吧……

口袋里的钱让我提起了一点儿精神，可是好景不长。已经是下午两点了，街上人来人往，却没有人来擦鞋。谁都不想花一毛钱来打扫一下鞋上的灰尘。

我站在里约－圣保罗路附近的一根电线杆旁边，不时细声细气地问：

“擦鞋吗，先生？”

“擦鞋吗，老板？擦擦鞋帮穷人过圣诞节吧！”

一辆有钱人家的车在附近停了下来。

虽然我不抱任何希望，却连忙喊起来：

“伸把手吧，先生，只当是帮穷人过圣诞节吧！”

汽车后座上一位穿着漂亮衣服的女士和孩子们看着我。女士被打动了。

“怪可怜的，这么小，这么穷。阿图尔，随便给他一点儿吧。”

可是，那个男人却怀疑地打量着我。

“一个小混混，真正的小混混，他在利用自己个子小和今天是节日。”

“即便是这样，我也要给他一点儿。过来，小男孩。”

她打开提包，把手伸出窗外。

“我不要，太太，谢谢，我不是骗子，真的不是，我只是真的需要，才在圣诞节出来干活儿的。”

我提起擦鞋箱背在肩上，慢慢地走开了。今天，我连发脾气的力气都没有了。

可是，汽车的门打开了，一个小男孩向我跑过来。

“拿着。妈妈让我告诉你，她不相信你是骗子，真的。”他把五毛钱塞进我的口袋，不等我道谢，只听一阵发动机的声音，汽车开走了。

四个小时过去了，可是，爸爸的目光仍然在折磨着我。

我向回家的路走去。一块钱肯定不够，可是，“穷·饿”商店也许能便宜点儿卖给我，或者愿意让我赊账。

在一个篱笆墙的墙角，一个东西引起了我的注意。那是一只女人的黑色破袜子。我弯腰捡起袜子，在手心里把它团成一个小球，放进了鞋箱，心里想：“它多像一条蛇啊。”

但是，我努力说服自己。“改天吧，今天无论如何也不行。”

我走近维拉斯－博阿斯家。这是一座带大院子的宅子，院子里的地面是水泥铺的。塞尔吉诺正骑着一辆漂亮的自行车围着花坛转圈。我把脸贴在栅栏上向院子里看去。

那是一辆红色的自行车，上面还带着黄色和蓝色的斑纹，金属部分锃光瓦亮。塞尔吉诺看见了我，在我面前显摆起来。他一会儿猛骑，一会儿拐来拐去，一会儿又来一个急刹车，车轮发出尖厉的声音。然后，他向我骑过来。

“喜欢吗？”

“这是全世界最漂亮的自行车。”

“到大门这边来，你能看得更清楚。”

塞尔吉诺和托托卡同岁，是他的同班同学。

我光着脚，感到难为情，因为塞尔吉诺穿着漆皮鞋、白袜子,袜子上还有红色的松紧袜带。他的皮鞋亮得能照见东西,爸爸的眼睛好像在亮光中看着我。我干咽了几口唾沫。

“怎么啦,泽泽? 你有点儿怪怪的。”

“没怎么。走近一看,它更好看了,这是你圣诞节得到的礼物?”

“对啊。”

塞尔吉诺从车上下来跟我说话,并打开了大门。

“我收到好多东西呢,有一台留声机、三套新衣服、一大摞故事书、一大盒彩色铅笔,还有一箱子玩具、一架带螺旋桨的飞机、两艘白色的帆船……”

我低下头,想起了托托卡说的话:圣婴只喜欢有钱人。

“你怎么啦,泽泽?”

“没事。”

“那你……你收到很多礼物吗?”

我摇了摇头,说不出话来。

“没有? 真没有?”

“今年我家没过圣诞节,我爸爸失业了。”

“不可能,你们连栗子、榛子、酒都没有?”

“只有丁丁娜做的油炸鸡蛋面包,还有咖啡。”

塞尔吉诺不说话了。

“泽泽，如果我邀请你到我家做客，你会接受邀请吗？”

我能猜出那是什么样的情景。但是，虽然我什么都没有吃，心里还是不想去他家。

“咱们进屋去吧，让妈妈给你做一盘吃的，我家有好多吃的，好多点心……”

我不想冒险。以前我曾经遭过白眼，不止一次听人说：

“我不是告诉过你不要把街上的黑小子带到家里来的吗？”

“不用了，谢谢。”

“要不然，我让妈妈给你包一包栗子什么的带给你弟弟，好不好？”

“那也不用了，我还没干完活儿呢。”

塞尔吉诺这才看见我屁股下坐的擦鞋箱。

“可是，没有人在圣诞节的时候擦鞋……”

“我转了一整天，只挣了一块钱，还有五毛是人家施舍的。我必须再挣两毛钱。”

“你要做什么，泽泽？”

“我不能说，但是，我必须这样。”

塞尔吉诺笑了一下，有了一个大方的主意。

“你能给我擦擦鞋吗？我给你一块钱。”

“这可不行，我不赚朋友的钱。”

“那我要是给你呢？这么说吧，我借给你两毛钱行不行？”

“那我可以晚些时候还你吗？”

“随你呗。你以后用弹球还我也可以。”

“这样……好吧。”

他把手伸进衣兜掏出一枚硬币交给了我。

“别担心，我有好多钱，我有满满一扑满钱呢。”

我用手摸了摸自行车的轱辘。

“它真的很漂亮。”

“等你长大会骑车的时候，我就让你骑一圈，好吗？”

“好。”

我飞奔着向“穷·饿”商店跑去，背在身上的擦鞋箱被颠得晃来晃去。

我像一阵旋风冲进店里，生怕它关门。

“先生，您这还有那种比较贵的香烟吗？”

他看了看我手里的钱，拿出两包烟。

“不是你抽的，对不对，泽泽？”

身后传来一个声音说：

“想什么呢，这么小的孩子！”

他看都不看一眼说话的人，争辩说：

“你可不了解这位‘顾客’，这个小坏蛋什么事情都做得出来。”

“这是给爸爸的。”

我把烟拿在手心里翻来覆去地看，心里高兴极了。

“是这种好，还是那种好？”

“那要问你啊。”

“我干了一天活儿就是为了给爸爸买这件圣诞节礼物。”

“真的，泽泽？他给你什么礼物了？”

“什么也没有，可怜的爸爸。他还没找到工作呢，您知道的。”

他很受感动，商店里的人也都不说话了。

“要是您，您更喜欢哪一种？”

“两种都很好。每一位做爸爸的都会很高兴收到这样的礼物。”

“麻烦您把这个给我包起来吧。”

他把烟包好，可是当他交给我的时候，神情有点儿奇怪，好像要跟我说什么事情，却什么也没有说。

我交了钱，朝他笑了一下。

“谢谢，泽泽。”

“节日快乐，先生！”

我一路跑回了家。

夜晚来临了，只有厨房的油灯亮着。全家人都出去了，只有爸爸独自坐在桌前，胳膊肘支在桌子上，手托着下巴，望着空空的墙壁。

“爸爸。”

“怎么啦，儿子？”

他的声音里没有一点儿怨恨的意思。

“这一整天你跑哪儿去了？”

我让他看我的擦鞋箱。

我把擦鞋箱放到地上，从衣兜里掏出那个小包。

“瞧，爸爸，我给你买了一样好东西。”

他笑了，心里非常清楚这件东西来之不易。

“喜欢吗？这是最好的一种了。”

他打开烟盒，闻了闻，微笑着，却一句话也没说出来。

“抽一根吧，爸爸。”

我去炉子边拿来火柴，划了一根，点着他嘴上的香烟。

然后，我后退几步，看着他吸了第一口。一种感觉从心底升起。我把已经熄灭的火柴扔在地上，觉得自己从内到外快要爆炸了，那个折磨了我一整天的巨大痛苦就要爆发了。

我看了一眼爸爸，他那长着胡子的脸和他的眼睛。

我只叫了声：

“爸爸……爸爸……”

我的声音被眼泪和抽泣吞没了。

他张开双臂，温柔地把我搂在怀里。

“别哭，儿子，你要是老像现在这样爱哭鼻子的话，以后的日子有你哭的时候呢……”

“我不是故意的，爸爸……我不是存心要说……要说那种话的。”

“我知道，我知道，我不生气，因为实际上你说的有道理。”

他搂着我摇了摇。然后，抬起我的脸，从旁边拿起餐巾纸给我擦去眼泪。

“这样就好了。”

我抬起手摸摸他的脸，手指轻轻地按住他的眼睛，想让它们回到原来的位置上，不要瞪得那么大，我担心不这样做的话，它们会一辈子盯着我。

“让我抽完这支烟。”

我一边抽泣，一边哽咽着说：

“爸爸，你知道，以后你打我的时候，我再也不抱怨了……你想打就打……”

“行啦，行啦，泽泽。”

他松开我，让我一个人坐在地上抽泣，从柜子里拿出一个盘子。

“格洛里亚给你留了一点儿水果沙拉。”

我吃不下。爸爸坐下来，用勺子一小口一小口地喂我吃。

“现在好了？这事过去了，儿子？”

我点点头。但是，开始几勺送进嘴里的时候，却带有一点儿咸味。后来，好不容易我才不哭了。

第四章

小鸟 学校 花儿

新家，新生活。简单的希望，仅仅是希望。

我坐在搬家车上，心里快乐得像暖洋洋的天气一样。我的一边是阿里斯蒂德斯先生，另一边是他的助手。

当车离开土路走上里约－圣保罗路的时候，那感觉太棒啦。

车平稳而轻快地行驶着，一辆漂亮的小汽车从我们身边开了过去。

“那是葡萄牙人曼努埃尔·瓦拉达雷斯的车。”

我们正要拐过水闸街街角的时候，远处传来的一阵汽笛声划破了清晨的寂静。

“您听，阿里斯蒂德斯先生，那是‘曼加拉迪巴’号火车开过去了。”

“你怎么什么都知道？”

“我听得出来它的叫声。”

马路上只有拉车的驴发出的嗒嗒嗒的蹄声。我发现这辆驴车并不很新，更准确地说它已很旧，但是却很坚实，而且很实用，再跑两趟就能搬完我们的全部家当了。拉车的驴好像也不太强壮，不过，我还是想说些讨好的话。

“您这辆车真漂亮，阿里斯蒂德斯先生。”

“凑合着用呗。”

“驴也挺棒的。它叫什么名字？”

“吉卜赛。”

他不太想聊天。

“今天是我开心的日子，我第一次坐上了驴车，遇见了葡萄牙人，还听见了‘曼加拉迪巴’号的汽笛声。”

沉默。没有任何回应。

“阿里斯蒂德斯先生，‘曼加拉迪巴’号是不是巴西最重要的火车啊？”

“不是，它只是这条线路上最重要的。”

他又不说话了。大人有的时候真让人搞不懂！

车来到新家门前，我把钥匙交给阿里斯蒂德斯先生，想表现得热情一点儿……

“您需要我帮什么忙吗？”

“你不给我添乱就是帮忙了，玩儿去吧，回去的时候我叫你。”

好吧，我走开。

“明基诺，从现在起，我们可以永远在一起喽。我要把你打扮得漂漂亮亮的，让所有的树都比不上你。知道吗，明基诺，我刚才是坐一辆驴车来的，就像电影里演的那种又大又稳的古代驿车一样。听着，我要把以后见到的一切都告诉你，好不好？”

水沟旁边长着许多龙爪兰，我走过去，看见水沟里流动的脏水。

“那天，我们约定管这条‘河’叫什么来着？”

“亚马孙。”

“对，亚马孙。它的下游一定有好多独木舟，全是凶悍的印第安人的。是不是这样，明基诺？”

“这还用说，肯定是这样。”

我们还没有开始聊，阿里斯蒂德斯先生已经关上门，招呼我了。

“你留在这儿，还是跟我回去？”

“我留下，妈妈和姐姐应该已经在来的路上了。”

于是，我留下来，开始琢磨新家的每一个角落。

也许是出于礼貌，也许是为了给邻居们留下好印象，开始的几天我表现不错。但是，一天下午，我重新找出那只捡来的黑色女袜，往里面塞上东西，卷成一长条用一根麻绳环绕着捆住，剪掉脚尖的部分，然后，用一根长长的风筝线穿过长袜将脚尖部分打结固定。从远处慢慢拉动风筝线，袜子就像一条蛇，要是在黑暗中，它简直可以乱真。

晚上，大家都在忙着打理自己的事情，新家好像使每个人的心情改变了，家里出现了久违的快乐气氛。

我在院门口静静地等待着。街上，路灯光线昏暗，高高

的巴豆树组成的篱笆墙将阴影投射在角落里。肯定有人在工厂加班,加班不会超过八点,更少超过九点。说到工厂,我一点儿也不喜欢它。早晨五点钟就响起的凄惨汽笛声,到了下午五点就更难听了。工厂像一条龙,每天早上把人们吃进去,下午再把筋疲力尽的人们吐出来。我不喜欢它还因为斯科特菲尔德先生对爸爸做的事……

终于有人来啦！一个女人走过来。她胳膊下夹着一把阳伞,手里拎着一个提包。连她的凉鞋后跟敲打路面的声音都能听见了。

我连忙藏到院门后,又试着拉了拉拴在蛇身上的绳子。蛇很听话。一切就绪。于是,我小心翼翼地躲进篱笆墙的阴影里,双手抓紧绳子。凉鞋过来了,走近了,更近了,"行动！"我开始拉动绳子,蛇慢慢滑向路中央。

后来发生的事情出乎我的意料。那个女人大叫一声,声音之大惊动了整条街。她扔掉了阳伞和提包,一边捂着肚子,一边大叫起来。

"救命！救命啊！蛇,来人啊！快来救我！"

一扇扇门打开了。我丢掉手里的东西,向屋里跑去,躲进了厨房。我迅速掀起放脏衣服的篮子的盖,钻了进去,然后盖好盖子。我的心惊恐地跳个不停，耳边传来那个女人的叫声。

“天啊！我的上帝！我肚子里六个月的孩子要保不住啦。”

听到这句话，我打了一个寒战，全身抖了起来。

邻居们把她带到屋里，她还在不停地抽泣和抱怨。

“我不行了，受不了了！我本来就怕蛇。”

“喝点儿橙花水吧。冷静一下。别怕，男人们已经拿着棍棒、斧头和照亮的马灯去打蛇了。”

一条袜子做的蛇竟惹出这么大乱子！可是，更糟糕的是家里的人——冉迪拉、妈妈和拉拉——也去看热闹。

“这不是蛇，各位，是女人的一只旧袜子。”

我在惊慌之中，忘记把蛇收回来。这下我可完蛋了。

蛇身上有线，线一直延伸到我们家的院子里。

三个我熟悉的声音异口同声说道：“准是他干的！”

现在，猎捕的对象不再是蛇。她们到床底下找，什么也没有。她们从我旁边走过，我连大气都不敢出。她们站在屋外察看着这所不大的房子。

忽然，冉迪拉说：

“我知道了！”

她掀起洗衣篮的盖子,揪着我的耳朵把我拉到了餐厅。

这次妈妈狠狠地揍了我一顿。拖鞋欢唱。我只好靠尖叫减轻疼痛,这样她才会住手。

“害人精!你根本不懂肚子里怀着六个月的孩子有多辛苦!”

拉拉讽刺地说:“真是等了好久才来的街头‘首演’啊!”

“现在给我上床去,你这个混球。”

我揉着屁股离开餐厅,脸朝下趴在床上。幸亏爸爸打牌去了。我在黑暗中继续抽泣着,此刻,床成了挨揍之后疗伤的最佳选择。

第二天,我早早地起了床。我有两件非常重要的事情要做:第一件就是假装漫不经心地察看一下。如果蛇还在原地,我就捡起来藏到衣服里,还可以用到别的地方。可是,它已经不在了。再找一只和它一样那么像蛇的袜子可不是一件容易的事情。

我转身向丁丁娜家走去。我需要和埃德蒙多伯伯谈谈,这是我要做的第二件事情。

我走进门的时候就知道，对于一个退了休的人来说，我来得挺早。他还没有出门去买报纸，去玩“动物大赢家”，他把这种赌博游戏称做“小把戏”。

实际上，他正在客厅玩一个新的考验耐心的纸牌游戏。

“你好，伯伯！”

他没有吱声。装没听见。家里的人都说，当他不想聊天的时候，他就这样假装没有听见。

跟我可不行，这招不灵。而且（我就喜欢“而且”这个词），他对我从来没有办法真正装聋作哑。我拉了拉他的袖子，觉得他裤子上的黑白格子的吊带老是那么好看。

“噢，是你啊……”

他假装刚刚看见我。

“这个游戏叫什么名字，伯伯？”

“叫‘钟表’。”

“真好看。”

我已经认识纸牌里所有的牌了。只是我不太喜欢那张十一点杰克。不知道为什么，我觉得他们像国王的侍从。

“知道吗，伯伯，我要跟你谈一件事情。”

“我这里马上就好了，等我玩完这把咱们再聊。”

不一会儿，他开始洗牌了。

“你赢了？”

“没有。”

他把牌摞在一起，放到了一边。

“说吧，泽泽，如果是关于钱的‘事情’，”他搓了搓手指，“我现在准备好了。”

“连一毛买弹球的钱也没有？”

他微笑了一下。

“一毛可能有吧，谁知道呢？”

他的手伸向衣兜，我阻止了他。

“我跟你开玩笑呢，伯伯，不是这件事。”

“那是什么事？”

我感到他很欣赏我的“早熟”。在我无师自通能认字以后，他更喜欢我了。

“我想知道一件很重要的事：你会不出声音唱歌吗？”

“我没听明白，你说什么？”

“是这样的。”我唱了一段《小房子》。

“可是，你明明在唱歌啊，不是吗？”

“我是在唱歌，我还可以在心里唱，外面一点儿也看不出来。”

他笑我天真，却还是没明白我要说什么。

“你听我说啊，伯伯，我还很小的时候，就觉得心里有一只会唱歌的小鸟，那些歌都是它唱的。”

“原来是这样，你有这样一只小鸟很好啊。”

“你还是没明白，最近，我开始怀疑这只小鸟是不是真的存在了，我什么时候才能自己在心里说话、在心里观察事物呢？”

他明白了，笑我糊涂。

“听我给你解释，泽泽，你知道那是什么意思吗？那说明你正在长大啊。你说的那个会说话、会观察的东西叫‘思想’，它和你一起长大。有了‘思想’，就说明你到了我曾经和你说过的……”

“懂事的年龄？”

“没错，你还记得我说过的话啊。于是，美妙的事情就发生了，‘思想’长啊，长啊，控制了我们整个的心和头脑，存在于我们生活的方方面面，而且，我们的所思所想都可以从眼睛里看出来。”

“我懂了。那小鸟呢？”

“小鸟是上帝创造出来帮助小朋友去发现事情的，以后

呢，当小朋友不再需要它的时候，就把小鸟还给上帝，上帝就把它放到其他像你一样聪明的孩子的心里。这有多好啊，是不是？”

我开心地笑了，因为我有“思想”了。

“是的，现在我要走了。”

“不要一毛钱了？”

“今天不要了，今天我很忙。”

我走在街上，一边走，心里还在想着埃德蒙多伯伯刚刚说过的话。可是，我想起了一件令我很难过的事情。托托卡曾经有一只特别漂亮的食籽雀，它很温顺，当他给鸟笼换草的时候，它就站在他的手指上。甚至鸟笼的门开着，它也不逃走。有一天，托托卡把它忘在屋外的太阳底下，结果它被毒日头晒死了。我记得托托卡用手捧着死去的小鸟，哭啊，哭啊，把脸贴在它的身体上，说：

“我再也不、永远也不捉小鸟了。”

我在他身边，说：

“托托卡，我也再也不逮鸟了。”

我回到家，直接去找明基诺。

“苏鲁鲁卡，我要做一件事。”

“什么？”

“咱们等一会儿？”

“好吧。”

我坐下来，把头靠在它的身上。

“咱们等什么，泽泽？”

“等天空中一片特别好看的云彩。”

“为什么？”

“我要放走我的小鸟。真的，我要放走它，我不再需要它……”

我们望着天空。

“那片云怎么样，明基诺？”

云慢慢地飘过来，好大的一片云彩，像一片修剪出花边的白色树叶。

“就是它，明基诺。”

我激动地站起来，解开衬衫，觉得小鸟就要从我瘦弱的胸膛飞出去了。

“飞吧，我的小鸟，飞得高高的，一直向上飞，落到上帝的手指上。上帝会把你带给另一位小朋友，你要给他唱美妙的歌曲，就像唱给我听的那样。再见，我的美丽小鸟！”

我感到心里有一种永远无法摆脱的空落落。

“看，泽泽，它落在云彩的手指上了。”

“我看见了。”

我把头贴在明基诺的心上，看着那片云彩慢慢飘远。

“我从来没有对它不好过……”

这时，我转过脸面对明基诺的树干。

“苏鲁鲁卡。”

“怎么了？”

“要是我哭了，是不是很难看？”

“哭才不会难看呢，傻瓜。为什么说这个？”

“不知道，我还不习惯吧，好像我心里的这个鸟笼太空了……”

格洛里亚早早地把我叫起来。

“让我看看你的指甲。”

我伸出手。她检查通过了。

“再看看你的耳朵。”

“哎呀，泽泽。”

她把我带到水池边，用湿毛巾沾上肥皂搓去我耳朵上的泥。

“我从来没见过一个自称是皮纳热战士的人这么脏！去，穿上鞋，我去给你找件体面的衣服。”

她到我的抽屉里找了一通，翻来翻去，越找越找不到。我所有的裤子不是破了洞，就是撕了口子，要不就是打着补丁或缝过。

“什么都不用跟别人介绍，只要看一眼这个抽屉，就会知道你是个多么可怕的孩子了。就这一件还不算太差。”

我们一起离开了家，我就要去进行“美妙”的发现了。

我们走近学校，看见好多家长拉着孩子的手去报名。

“别像个受气包似的。记着，别丢三落四的，泽泽。”

我们坐在挤满了孩子的房间里，大家都在相互观察。终于轮到我们了，我们走进了校长室。

“他是你弟弟？”

“是，女士，妈妈不能来，因为她在城里上班。”

她仔细打量着我。透过厚厚的眼镜片，她的眼睛显得又大又黑。让我觉得好玩儿的是她竟然长着男人才有的胡子。也许就因为这，她才当校长的吧。

“他是不是太瘦小了？”

“相对他的年龄来说，是瘦小了一点儿，可是，他已经认字了。”

“你几岁了，小朋友？”

“到二月二十六号我就满六岁了，真的，女士。”

“很好，我们来填报名表吧。首先，家长的姓名。”

格洛里亚把爸爸的名字告诉她。然后，在报妈妈名字的时候，她只说了“埃斯特法尼亚·德瓦斯康塞洛斯”。我忍不住纠正说：

“是‘埃斯特法尼亚·皮纳热·德瓦斯康塞洛斯’。”

“怎么回事？”

格洛里亚的脸微微有些红。

“对，‘皮纳热’，妈妈是印第安人的后代。”

我心里特别得意，觉得自己肯定是学校里唯一有印第安人姓氏的学生。

格洛里亚在一张纸上签了名字，却还不肯走，显出心神不定的样子。

“还有什么事吗，姑娘？”

“我想问一下校服……您知道……爸爸失业了，我们现在相当困难。”

校长让我转了一圈，看了看我的身高和尺码，看见了衣服上的补丁，证明格洛里亚说的没错。

她在纸上记下尺码，让我们到里面去找欧拉利娅太太。

欧拉利娅太太对我的个头也感到惊讶，她拿出最小号的制服，我穿在身上活像一个邋遢鬼。

“这是最小号的了，可还是太大。这孩子的个子这么小！”

“我带回去改短一点儿。”

我拿着两套免费的制服，兴高采烈地离开了学校，想象着明基诺看见我穿着新的学生制服时会有什么样的表情。

几天过去了，我把所有的事情都讲给它听：学校是什么样的，不是什么样的。

“那里有一个很大的钟，不过，没有教堂的钟那么大。你知道，是不是？大家都走进一个大院子，去找自己的老师。老师叫我们四个人一排站好队，然后，大家像乖乖的绵羊似的走进教室。我们坐到课桌旁，课桌有一个可以开关的盖子，我们可以打开盖子，把所有的东西都放进去。我们要学唱国歌，因为老师说要做一个好的‘爱国的’巴西人，必须会唱我们的国歌。等我学会了，我给你唱，好不好，明基诺？”

新鲜事接连不断，我的心简直忙不过来。我发现学校是一个崭新的世界。

“小女孩，你拿着花儿去哪儿？”

她穿得干干净净，手里拿着包了封皮的书本，梳着两根小辫子。

“我要带给我的老师。”

“为什么？”

“因为她喜欢啊。所有用功的女生都会给老师带一朵花儿。”

“男生也可以给老师带花儿吗？”

“要是喜欢老师的话，当然可以啦。”

“哦，真的？”

“真的。”

谁都没有给我的老师塞西莉亚·派姆小姐送过一朵花儿。肯定是因为她长得难看。要是她眼睛上没有那块胎记，就不会这么丑了。可是，她是唯一一位经常在课间给我一毛钱让我去点心店买夹馅面包吃的老师。

我开始注意其他的教室，发现桌子上的花瓶里都有花儿，只有我们教室里的花瓶一直空着。

但是，要说冒险，那件事情才是最大的冒险。

“知道吗，明基诺，今天我当了一回‘蝙蝠’。”

“是不是路西亚诺那样的？你说过它要住进后院来的。”

“不是，小傻瓜，就是‘扒车’。汽车经过学校附近的时候会开得很慢，我们就摽在它的备胎上搭顺风车。可好玩儿啦。在拐弯的地方，它要停下来看看有没有其他车，我们就乘机跳下来。可是，跳的时候要小心，如果车开得快的时候跳，会摔‘屁股墩’，或者摔伤胳膊的。”

我把课堂上和课间休息时发生的事情一股脑儿地讲给它听。当我讲到在阅读课上，塞西莉亚·派姆小姐说我是读得最好的学生的时候，我看见它很为我自豪。我是最好的“朗读者”。这时，我忽然有些疑问，于是，我决定尽早去问埃德蒙多伯伯到底是不是“朗读者”这几个字。

“咱们还是接着说‘扒车’吧，明基诺，这么说你就清楚了，基本上就和坐在你身上骑马一样好玩儿。”

“可是在我身上，你不会有危险啊。”

“没有危险？我们去捉野牛和水牛的时候，你在西部的

原野上不是撒开蹄子狂奔来着？你忘了？”

它只得同意我的话，因为它从来不和我争辩，也说不过我。

“可是有一辆车，明基诺，有一辆车谁都不敢跟它玩‘蝙蝠’游戏，你知道是哪辆车吗？就是葡萄牙人曼努埃尔·瓦拉达雷斯的车。你见过比这更难听的名字吗？曼努埃尔·瓦拉达雷斯……”

“真难听，可是，我在想一件事情。”

“你以为我不知道你在想什么吗？我知道，真的，但是现在不行，我得再练练……到时候看我的……”

日子就在这样的快乐中过去了。一天早上，我带着一朵花儿出现在我的老师面前。她非常感动，说我是绅士。

“你知道‘绅士’是什么意思吗，明基诺？”

“‘绅士’就是像王子那样很有教养的人。”

每天我都更加喜欢上学了，而且越来越用功。在学校，从来没有人说过我一个“不”字。格洛里亚说我把小魔鬼收进抽屉里了，变成了另外一个孩子。

“你觉得我变了吗，明基诺？”

“好像是变了。”

“原来是这样，好吧，我本来想告诉你一个秘密，现在我不告诉你了。”

我生气地走开了。可是它根本没把这件事放在心上，因为它知道我的生气不会持续很长时间的。

秘密将要在这天晚上发生。我的心紧张得快要跳出胸膛来了。好不容易才等到了工厂的汽笛声，人们从我面前走过去。夏天的白天真长，黑夜姗姗来迟。连晚饭的时间都来得那么慢。我在院门口张望，想的不再是蛇和别的什么念头。我坐在那里等妈妈。连冉迪拉都觉得奇怪，问我是不是因为吃了没熟的水果而肚子疼。

妈妈的身影出现在拐弯的地方。是她，世界上没有一个人和她一样。我跳起来跑过去。

“你好，妈妈。”我亲了亲她的手。

街头暗淡的灯光下，我从她的脸上看出她很累。

“今天你干了很多活儿是吗，妈妈？”

“很多，孩子，织布机旁边太热了，没人受得了。”

“把包给我，你辛苦啦。”

我背上装着空饭盒的包。

“今天又淘气了？”

“就一点点儿，妈妈。”

“那你为什么来接我？”

她猜想着问。

“妈妈，你是不是至少还是有一点儿喜欢我？”

“我喜欢你和喜欢其他孩子一样。为什么问这个？”

“妈妈，你知道纳尔迪诺吗？就是那个大胖子女人的外甥。”

她笑了一下。

“记得。”

“你知道吗，妈妈，他妈妈给他做了一件外套，是绿色的，带白色的细条纹，还有一个马甲，扣子能扣到脖子。可是他穿太小了，他又没有弟弟能穿，他说他想卖掉……你可以买吗？”

“唉！我的儿子，家里现在这么困难！”

“可是他说可以分两次付钱，而且不贵，连料子钱都不用出。”

我重复着放贷人雅各布说过的话。

她没有说话，心里盘算着。

“妈妈，我是全班最用功的学生，老师说我能得奖状……买吧，妈妈，我都好长时间没有穿新衣服了……”

妈妈的沉默变成了悲伤。

“你瞧，妈妈，要是不买，我就没有当诗人穿的衣服了，拉拉可以用她的绸布给我做一个这么大的领结……”

“好吧，儿子，我加一个星期夜班给你买衣服。”

我亲了亲妈妈的手，把她的手贴在我的脸上，就这样回到了家。

就这样，我有了诗人装。穿上它我可精神啦，埃德蒙多伯伯还带我去拍了照片。

学校。花儿。花儿。学校……

直到戈多弗雷多走进我的教室之前，一切都很顺利。他先请大家原谅，然后就去和塞西莉亚·派姆小姐说话。我只看见他指了指花瓶里的花儿，然后就走了出去。老师难过地看了我一眼。

下课的时候，她叫住了我。

“等等，泽泽，我有话跟你说。”

她在整理书包，却老也整理不完，看得出来她其实一点

儿也不想和我谈话，她想从那些东西里找到勇气。最后，她终于下了决心。

“戈多弗雷多跟我说了一件你做得很不好的事情，泽泽，那是真的吗？”

我肯定地点了点头。

“是花儿的事吗？是真的，老师。”

“你是怎么做的？”

“我早起一点儿，从塞尔吉诺家花园经过，大门一开，我就溜进去摘了一朵花儿。可是那有那么多花儿呢，又不差这一朵。”

“是不差这一朵，可是，这样做不对，你不应该这样做，这虽然不算什么大的盗窃，却也是一种‘小偷’行为。”

“不是这样的，塞西莉亚小姐，世界不是上帝的吗？世界上的一切不全都是上帝的吗？那这些花儿也是上帝的……”

她对我的逻辑感到惊讶。

“只有这样我才能拿到花儿，老师，我们家没有花园，买花儿要花很多钱……我不想您桌上的花瓶总是空着。”

她干咽了几口唾沫。

“您有时候给我钱买夹馅面包，不是吗？”

“我可以每天给你，但是你……”

“我不能每天都接受……”

“为什么？”

“因为还有其他穷学生也没有带点心。”

她从提包里拿出手绢偷偷擦了擦眼睛。

“您没看见‘小夜猫子’？”

“谁是‘小夜猫子’？”

“就是和我一样高的那个黑皮肤的女同学啊，她妈妈总爱把她的头发盘成好多个小鬏用带子扎起来。”

“我知道，你说的是多罗蒂丽亚。”

“对，就是她，老师。多罗蒂丽亚比我还穷，其他的女生都不愿意和她玩儿，因为她是黑人，而且特别穷，所以她总是躲在角落里，我把您给我的面包分给她吃。”

这次，她的手绢在鼻子上停留了好半天。

“您有时候别把钱给我，可以给她，她妈妈给人家洗衣服，有十一个还都很小的孩子呢。我奶奶丁丁娜每星期六都给他们一些豆子和大米，我和她分面包吃，因为妈妈告诉过我，她说我们应当帮助比我们更穷的人。”

她的眼泪流了下来。

“我不是故意惹您哭的，我保证再也不去偷花儿了，我要做一个更用功的学生。”

“不是这个意思，泽泽，过来。”

她握着我的手。

“你要向我保证一件事，因为你有一颗美丽的心，泽泽。”

“我保证，可是，我不想骗您，我没有美丽的心，您这样说是因为您不知道我在家里的表现。”

“这不重要，我认为你有。从现在开始，我不希望你再带花儿给我了，除非是你自己挣得的，你能答应吗？”

“能，老师。那花瓶怎么办？就这么空着？”

“花瓶永远都不会空着，每当我看它的时候，就会看到世界上最美丽的花儿，我就会想：这是我最好的学生送给我的花儿，好不好？”

说完，她笑着松开了我的手，温柔地说：

“现在你可以走了，有金子一样心的孩子……”

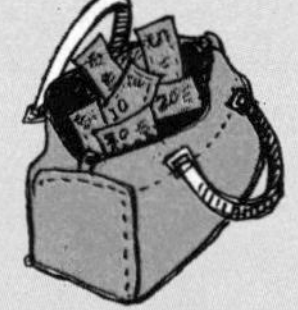

第五章

二人组合

我们在学校学到的第一件也是最有用的事情就是学会了从星期一数到星期天。所以,我知道他总是每星期二来。后来我还发现,他一个星期去火车站那边的街区,再一个星期就到我们这边来。

所以,星期二我逃课了。我不想让托托卡知道,不然,我就得送给他几粒弹球,免得他回家告状。因为时间还早,教堂敲九点钟的时候，他才会出现，所以，我就在马路上溜达。当然，是在没有危险的马路上。我先在教堂前站住了，看了看圣像。他们一动不动地站在那里，身边全是蜡烛，让我感到有一点儿害怕。蜡烛一闪一闪照在圣像身上，感觉圣像也跟着一闪一闪的。我还不知道做一名圣徒、保持一动不动的站立姿势到底好不好。

我到圣器收藏室转了一圈，扎卡里亚斯先生正用新蜡烛换下烛台上的蜡烛。桌子上已经有了一小堆蜡烛头。

“早上好，扎卡里亚斯先生。”

他停下手里的活儿，把眼镜拉到鼻子尖上，吸了吸鼻子，转过身来回答道：

“早上好，小鬼。”

“您要我帮忙吗？”我贪婪地盯着那些蜡烛头。

“你别添乱就好。今天怎么没去上学？”

“我去了，可是老师没来，她牙疼。”

“哦！”

说着话，他转过身去，扶了扶眼镜。

“你几岁啦，小鬼？”

“五岁。不对，六岁。也不对，是五岁。”

“到底是五岁还是六岁？”

我想到学校，撒了个谎。

“六岁。”

“哦，六岁了，那你应该开始学习天主教入门课程了。”

“我可以吗？”

“怎么不可以？每星期四下午三点来就行了。想来吗？”

“要看情况，您要是给我那些蜡烛头，我就来。”

“你要蜡烛头做什么？”

魔鬼又在给我出主意了。我又撒了一个谎。

“我想给我的风筝线上点儿蜡，让它更结实。”

“好，拿去吧。”

我把蜡烛头收进了装着书本和弹球的书包，心里高兴极了。

“太谢谢啦，扎卡里亚斯先生。”

“记住了？星期四。”

我飞也似的跑了出去。时间还早，还来得及做这件事。我跑到赌场前面，看看附近没有人，便穿过马路，飞快地把蜡烛涂抹在人行便道上，然后跑回来，坐在赌场四扇紧闭的大门中的一扇门前，等着从远处看谁是第一个滑倒的人。

正当我等得几乎要失望的时候，突然，我的心脏“怦”地跳了一下。南塞塞纳的妈妈科里娜太太手里拿着一块手绢和一本书走出门来，朝教堂的方向走去。

“圣母玛利亚！”

她是我妈妈的朋友，南塞塞纳又是格洛里亚的好朋友。我真不想看到这一幕。我连忙跑到街角，站在那里观望。她滑倒在地，嘴里发出了咒骂声。

人们围拢过来看她是不是摔伤了，不过，从她骂人的样子看，她应该只是蹭破了一点儿皮。

“肯定是这附近不要脸的黑小子们干的。”

我松了一口气。可是，不等我彻底放松下来，忽然觉得有一只手从背后抓住了我的书包。

“是你干的好事，对不对，泽泽？”

原来是我家的老邻居“红头发”奥兰多。我说不出话来。

“是，还是不是？”

“您不会到我家告状吧？”

“不会。过来，泽泽，这一次我放过你，因为那个老太太是个长舌妇。记住，以后可不许再这么干，这会摔断别人腿的。”

我做出全世界最听话的样子。他放了我。

我回到市场附近继续闲逛，等“他”出现。我先去了罗

森博格先生的糖果店，微笑着对他说：

"早上好，罗森博格先生。"

他用冷冰冰的一句"早上好"应付我，连一块糖也没有给我。婊子养的！只有我和拉拉一起来的时候，他才会给我东西吃。

"好极啦，他来了。"

这时，九点的钟声响起。他果然来了。我远远地跟上他的脚步。他走进进步街，在街角停下来，把书包放到地上，又把外套搭在左肩上。哟，花格衬衫真是漂亮！等我长大了，我只穿这样的衬衫。他的脖子上围着一条红围巾，帽子歪扣在后脑勺上。他浑厚的声音让整条街都充满了欢乐。

"大家过来看一看啦！最新的音乐！"

他的巴伊亚州[①]口音也很好听。

"本周最畅销歌曲，《克劳迪奥诺尔》！……《饶恕》……希科·维奥拉[②]的最新作品，维森特·塞莱斯迪诺[③]最新作品。

---

① 巴伊亚州：巴西的二十六个州之一，地处巴西东北部，州首府是萨尔瓦多，出了许多著名歌手。

② 希科·维奥拉（1898—1952）：本名弗朗西斯科·阿尔维斯，巴西最著名的歌手之一。

③ 维森特·塞莱斯迪诺（1894—1968）：巴西二十世纪最著名歌手之一。

来吧，快来学学新鲜出炉的曲子吧。”

我被他连说带唱的叫卖方式深深迷住了。

我希望他唱《范妮》。他每次都唱，我想跟他学。当他唱到“我要看着你在牢房里死去……”那句的时候，美妙的歌声让我浑身都颤抖起来。他放开喉咙，唱起了《克劳迪奥诺尔》。

我来到桑巴舞会，在那芒果树的山上，
一个黑姑娘在召唤我……
可我并不理睬，担心被人捉到。
她的丈夫身强力又壮，他会要了我的命……

我不要成为克劳迪奥诺尔，
为养家糊口，他成了码头装卸工……

他停止了歌声，叫卖起来。

“一毛到四毛都有，各种价钱的歌篇，六十首新歌！最新的探戈曲！”

接着，我的快乐时光到了，他唱起了《范妮》。

你趁她独自一人，

来不及呼唤邻居……

无情地刺伤她，毫无怜悯之意。

（这时，他的声音变得温柔、甜蜜、婉转，足以打动最冷酷的心。）

可怜的、可怜的范妮，你有一副好心肠。

我对上帝发誓，要让你痛苦不堪。

……

我要看着你、看着你在牢房里死去，
你已无情地刺伤她，却毫无怜悯之意，
可怜的、可怜的范妮，你有一副好心肠。

许多人从家里跑出来买歌篇，挑选自己喜欢的歌。为了听《范妮》，我紧跟着他。

他朝我转过身，笑着问道：

“你来一张，小孩儿？”

“不，先生，我不要，我没钱。”

“我看也是。”

他拎起书包，用更大的声音一路叫卖着。

“华尔兹《饶恕》！有《烟雾中，我等待》啦！有《再见，小伙子》啦！还有比《国王之夜》更畅销的探戈曲！风靡全城的探戈……《天国之光》，美妙之极，快来买歌篇啦！”

他大声唱起来。

你的眼中闪着光，我相信那是天国之光……

它像天空中明亮的星星。

我敢对上帝发誓，天上也找不到，

像你一样如此诱人的眼睛……

啊！就让我们四目相对，

永远记住月光下萌生的爱情和那段悲惨的故事……

会说话的眼睛，你说不尽、说不尽我的爱情是多么不幸……

他又唱了几首歌，卖了一些歌篇。这时，他发现了我，停了下来，用手指比划着叫我过去。

“过来，小麻雀。”

我高兴地走了过去。

“你别老跟着我行不行？”

“不行，先生，全世界没有人能唱得像你这么好。”

听到称赞，他显出得意的样子，放松了戒心。我觉得自

己的机会来了。

“可是，你像个虱子似的粘着我。”

“我是想看看你是不是真的比维森特·塞莱斯迪诺和希科·维奥拉唱得还好，结果是真的。”

他咧开嘴笑了。

“你听过他们的歌，小麻雀？”

“听过，先生，我是从阿道克托·卢斯医生儿子的留声机里听到的。”

“那一定是因为留声机太旧了，或者唱针坏了吧。”

“不是，先生，那是一台新买的留声机，你唱的就是比他们唱的好。我在想一件事。”

“说出来听听。”

“我想一直跟着你。是这样的，你告诉我每张歌篇多少钱，你唱歌，我卖歌篇，大家都愿意从小孩儿手上买东西。”

“这个主意不坏嘛，小麻雀。可是你告诉我，你是自愿的吗？我可不能付给你钱哦。”

“我什么钱都不要。”

“为什么？”

“因为我特别喜欢唱歌，想学唱歌，我觉得《范妮》是世界上最动听的歌。如果最后你卖了很多，手上还有没人愿意买的旧歌篇，你送给我一张，我带回家给姐姐。”

他摘下帽子，挠了挠头。他的头发被帽子压得扁扁的。

“我有一个姐姐叫格洛里亚，我想带歌篇给她，就这么简单。”

“那咱们走吧！”

于是，我们边唱边卖。他唱，我学。

中午到了，他若有所思地看了看我。

“你不回家吃饭？”

“先干完活儿吧。”

他又挠了挠脑袋。

“跟我来吧。”

我们走进谷神街街边的一家冷饮摊儿坐下。他从书包底部掏出一个三明治，从腰间抽出一把刀——那是一把寒光闪闪的刀，切下一块三明治给了我，然后自己喝了一口甘蔗酒，又要了两份柠檬水，就着“偶饭”吃起来。他把“午饭”叫“偶饭”。他一边吃三明治，一边打量着我，从他的目光中，我能看出他对我很满意。

“知道吗，小麻雀，你给我带来好运了。我家有一大溜胖小子呢，可是我从来没想到叫一个来帮我。”

他喝了一大口柠檬水。

“你几岁了？”

“五岁。六……五岁。”

“五岁还是六岁？”

“还没满六岁。”

“那你可是个很聪明的好孩子。”

“这么说，下星期二咱们还可以见面啦？”

他笑了。

“如果你愿意的话。”

“我当然愿意啦，可是我得和姐姐说好才行，她会同意的。其实这样挺好的，因为我还从来没有去过火车站的另一边。”

“你怎么知道我要去那边？”

“因为每星期二我都在这里等你啊。你一个星期来，一个星期不来，所以我想，你去火车站那边了。”

“你真聪明。你叫什么名字？”

“泽泽。”

“我叫阿里奥瓦尔多，握个手吧。”

他用长满老茧的手握住我的手，表示要一辈子做朋友。

说服格洛里亚并不难。

“可是，泽泽，每星期一天？那功课怎么办？”

我让她看我的作业本，所有的抄写作业都写得整整齐齐，规规矩矩，成绩优秀。算术作业本也一样。

“而且我是阅读课全班最棒的，格格。”

她犹豫不决。

“我们现在学的东西要来回不断地重复学六个月才算完呢，而且那些笨蛋要好长时间才能学会。”

她笑了笑。

“瞧你说的，泽泽。”

“真是这样的，格洛里亚，唱歌可以让我学到更多词语，你看我学了多少新词啊！而且埃德蒙多伯伯还教我懂得它们的意思。你瞧，什么‘装卸工’啦、‘天国’啦、‘天空’啦、‘不幸’啦，我都学会了。而且我每星期都能带一张歌篇回来，教你唱全世界最好听的歌。”

“这倒是。可是还有个问题，要是爸爸发现你每星期二都不回家吃午饭的话，咱们怎么跟他说？”

“他根本发现不了，万一他问起来，咱们就编个瞎话，你就说我去丁丁娜家吃饭了，或者说我给南塞塞纳送口信去了，就留在那边吃午饭了。”

圣母玛利亚！好在只是说说，要是南塞塞纳的妈妈知道上次那件事是我干的……

格洛里亚终于答应了，因为她知道，想让我不调皮捣蛋、少挨揍只有这个办法。而且，她很高兴让我每星期三在甜橙树下教她唱歌。

我焦急地盼望着星期二的到来，想马上到火车站去等阿里奥瓦尔多先生。如果他没有误了火车的话，他应该八点半到达。

我走遍大街小巷，看到各种各样的事情。我喜欢穿过糖果店那条街，看到人们从火车站的台阶上走下来。那是一个不错的擦皮鞋的地方。可是，格洛里亚不让，因为那样会遭到警察的驱赶，擦鞋箱也会被没收，而且，那里有火车经过。只有当阿里奥瓦尔多先生拉着我的手的时候，我才能去那边，就连铁路上的天桥我也不能独自一个人过。

他终于急匆匆地来了。除了《范妮》之外，他相信，我知道人们喜欢买什么歌篇。

我们走到火车站的墙边坐下，这里正对着工厂的院子。他打开歌曲目录，先唱一首歌的开头部分让我听。如果我觉得不好听，他就换另一首。

“这是一首新歌，《狡猾的女人》。”

他又唱起来。

“再唱一遍。”

他重复了一遍歌曲的副歌部分。

“你唱这一首，阿里奥瓦尔多先生，加上《范妮》和探戈的几首，我们全都会卖光的。”

我们走在撒满阳光和尘土的街上，像两只见证夏天的快乐的小鸟。

他动听的歌声敲开了清晨的窗户。

“本周本月和年度最畅销歌曲啦！希科·维奥拉录制的《狡猾的女人》！”

银色的月亮爬上那
绿色的高山，
歌手弹琴唱着情歌，
在那恋人的窗前。

动人的旋律，
在吉他的弦上流淌，
歌手对恋人诉说着
心中的期望……

这时，他停顿了一下，头点了两下拍子，于是，我用又尖又细的童音唱道：

啊，美丽女人，你的身影诱惑了我，
啊，如果可能，我对你顶礼膜拜。
你是光，你的身影入我梦乡，
你这个狡猾的女人……

很有号召力啊！女孩子们纷纷跑过来买，还有各种各样不同年龄和身高的男人们。

我其实特别想把四毛到五毛的歌篇卖出去，要是有女孩过来买，就看我的了。

“找给你钱，姐姐。”

“留着买糖吃吧。”

我甚至学会了模仿阿里奥瓦尔多先生叫卖的方式。

中午的时候，我们就走进最近的一家街边饭摊儿，有的时候就着橘子水，有的时候就着黑加仑水“吧唧、吧唧、吧唧”大嚼三明治。

我从衣兜里掏出零钱放在桌子上。

“给你，阿里奥瓦尔多先生。”说着，我把硬币推到他面前。

他笑了笑，说：

“你真是有教养的孩子，泽泽。”

“阿里奥瓦尔多先生，为什么你以前总叫我‘小麻雀’？”

“在我们老家，就是在神圣的巴伊亚州，人们管肚子鼓鼓的小胖墩叫‘小麻雀’……”

他挠了挠头，用手捂着嘴打了一个饱嗝。

他说了声“对不起”，拿起一根牙签。零钱还在原处放着。

“我在想，泽泽，从今往后，你可以把零钱自己留下，毕竟咱们现在是二人组合了。”

“什么叫‘二人组合’？”

“就是两个人一起唱歌。”

“那我可以买一块软糖吗？”

“钱是你的，你愿意做什么就做什么。”

“谢谢，‘盆友’。”

听到我学他的口音，他笑了起来。现在，我一边吃糖，一边看着他。

“我真是‘二人组合’的？”

“当然啦。”

“那你让我唱《范妮》的高潮部分。你大声地唱，然后，我用全世界最甜蜜的声音从高潮的部分开始唱。”

“这个主意不错，泽泽。”

“那等吃完午饭，咱们就唱《范妮》，肯定能给咱们带来好运气。”

我们头顶烈日，重新投入了工作。

我们正起劲儿地唱着《范妮》，意想不到的事情发生了。玛丽亚·达佩尼亚太太打着阳伞，端着一副正经而呆板的人常端的架子走过来，她的脸因为抹了厚厚的香粉而显得很白。她停下脚步听我们唱《范妮》。阿里奥瓦尔多先生发觉情况不妙，用胳膊肘捅了捅我，让我边唱边走开。

真是糟糕！我只顾陶醉在《范妮》的高潮部分，根本没有明白阿里奥瓦尔多先生的意思。

玛丽亚·达佩尼亚太太合上阳伞，用伞尖敲了敲自己的鞋尖。我刚一唱完，她就拉长着驴脸大叫道：

“好哇！太好啦！一个孩子竟然唱这种伤风败俗的歌曲！”

“太太，我的工作和伤风败俗毫不相干，任何正当的工作都是工作，我不觉得有什么丢人，您明白吗？”

我从来没有见过阿里奥瓦尔多先生发这么大脾气。她想吵架，吵架就吵架。

“这个孩子是你儿子吗？”

“可惜不是，太太。”

“那是你侄子？亲戚？”

“他和我毫无亲戚关系。”

“他几岁了？”

“六岁。”

她怀疑地看了看我的身高，继续说：

“这孩子才这么小你就要剥削他，你不害臊？”

“我谁也没剥削，太太。你知道吗，他和我一起唱歌是因为他想唱歌，也喜欢唱歌。我付给他钱，是不是，泽泽？”

我点了点头。我真希望和她打起来。我想用头去撞她的肚子，把她“砰”的一下撞倒在地。

“你们听好了，我要采取措施，我要去告诉神父，要到未

成年人法庭去揭发,还要去报告警察。”

这时,她忽然闭上了嘴巴,吓得瞪大了眼睛。阿里奥瓦尔多先生抽出了他的那把大刀,朝她走过去。我发现,她一下子傻眼了。

“好啊,去啊,太太,要去就快点儿去!我是个好人,可就是有一个嗜好,那就是割掉爱管别人闲事的长舌妇的舌头……”

她像一把大扫帚似的僵硬地走开了,走了很远才转过身,用阳伞指着我们。

“你走着瞧!……”

“滚,你这个啰嗦吵吵女巫!”

她打开阳伞,身体僵直地消失在街道尽头。

傍晚,阿里奥瓦尔多先生清点了一下收入。

“全卖光了,泽泽,你说得对,你给我带来了好运气。”

我想起了玛丽亚·达佩尼亚太太。

“她会不会给咱们惹事?”

“不会的，泽泽，她最多去找神父告状，神父就会劝她：‘算了吧，玛丽亚·达佩尼亚太太，北方人可不是好惹的。’”

他把钱装进兜里，把书包卷了起来。然后，像每次那样，从裤兜里掏出一张折叠的歌篇。

“这是给你姐姐格洛里亚的。”

他伸了一个懒腰。

“今天可真累啊！”

我们休息了一分钟。

“阿里奥瓦尔多先生。”

“什么？”

“‘啰嗦吵吵女巫’是什么意思？”

“我哪里知道啊，小鬼，那是我生气的时候瞎编的。”

他大笑起来。

“你刚才真想用刀刺她吗？”

“才不呢，我只是吓唬吓唬她。”

“你要是真刺了她，流出来的是肠子，还是木偶肚子里的草？”

他笑了，和气地摸着我的头说：

“你想知道吗，泽泽？我觉得嘛，流出来的会是屎屁

屁哦。”

我们两人都笑起来。

“别害怕，真的，我可没有勇气杀人，我连鸡都不敢杀，我可怕我老婆了，她常用扫帚把儿打我。”

我们站起身，走到火车站。他拉着我的手说：

“为了保险起见，咱们最近还是不到那条街去了吧。”

他用力握了握我的手。

“下周二见，‘盆友’。”

我点了点头，看着他一步一步走上了火车站的台阶。

站在台阶上，他大声喊道：

“你是天使，泽泽……”

我向他挥手告别，忍不住笑了起来：

“好一个天使！那是因为你还不了解我啊……”

第二部

在苦难中，圣婴出现了

第一章

扒　车

“快点儿，泽泽，上学要迟到了！”

我坐在桌前不慌不忙地喝着咖啡，吃着面包。像往常一样，胳膊肘支在桌子上，眼睛却看着墙上的日历。

格洛里亚急得满脸通红，恨不得大家早上都赶紧出去，就剩她一个人在家安安静静干活儿。

“快，快，小鬼，还没梳头呢。你得向托托卡学习，你看人家总是一切都准备得好好的。”

她拿来梳子，梳平了我额头上金黄色的刘海。

“好在就几根黄毛，也没啥好梳的。”

她让我站到椅子上检查我的衬衫和裤子是不是穿好了。

“好啦，走吧，泽泽。”

托托卡和我斜背上书包，里面只有课本、练习本和铅笔。没有点心。点心是别人家孩子的事。

格洛里亚捏了捏我书包的底部，感觉出弹球的分量，笑了一下。我们把球鞋拎在手里，等走到学校附近的商场时才穿上。

我们刚走到街上，托托卡一溜烟儿地跑了，留下我自己一个人慢慢走。这下我该叫醒心里那个魔鬼了。我正愿意托托卡快点儿走，好让我一个人自由自在。

我最喜欢的事毫无疑问是去里约－圣保罗路扒车，当“蝙蝠”，摽在汽车屁股上兜风，呼啸而过。这是全世界最美的事情。我们全都这么干，是托托卡教我的，他还千叮咛万嘱咐地让我一定要抓牢，因为有其他车跟在后面，所以很危险。渐渐地我不再害怕，冒险的欲望让我越是难扒的车越想扒。我已经在拉迪斯劳先生的车上当过“蝙蝠”了，就差扒葡萄牙人的靓车了。那真是一辆漂亮的精心保养的车啊：车轮簇新，锃光瓦亮的金属部分都能照出人影来，喇叭声也好听，像田间的水牛叫。可是它开得飞快，靓车的主人又总是带着世界上最严肃的表情，谁都不敢扒在他的车屁股上兜风，听说他会打人杀人，他还扬言要先阉后杀呢，我们学校还没有一个男生敢扒他的车。

我和明基诺聊天说到这件事的时候，明基诺问：

"真的没人扒过他的车，泽泽？"

"真的，谁都不敢。"

我感觉到明基诺在笑，它似乎猜到了我心里正在想的事情。

"你特别想扒他的车，是不是？"

"是，没错，我觉得……"

"你觉得什么？"

这一次轮到我笑了。

"说啊。"

"你什么都要打听。"

"反正你会告诉我，早晚的事，你肯定憋不住。"

"你看，明基诺，我七点从家里出去，对不对？七点五分我就能走到街角。葡萄牙人总是在七点十分把车停在

‘穷·饿’商店门口的拐角去买香烟……等哪天我运足了气，他一上车，我就‘啪’逮他一个正着！”

“你不敢。”

“你说我不敢？你等着瞧吧。”

现在我的心狂跳起来。车停了，他走了出来。明基诺的挑战，把我的恐惧和胆量全都搅在了一起。我不想过去，可是虚荣心却让我加快了脚步。我绕过“穷·饿”商店，藏在墙角，迅速把球鞋塞进书包。我的心跳越来越快，我甚至担心店里的人会听到它发出的怦怦声。他走出来了，丝毫没有注意到我。我听见他开车门的声音……

“成败在此一举，明基诺！”

我一跳，因为害怕而使出全部力气抓住汽车屁股上的备胎。我知道到学校还有好长一段路，可是我分明觉得自己已经开始在同学们的注目下炫耀成功了……

“哎哟！”

我尖叫了一声，引得人们纷纷跑到商店门前，看看是谁被车撞了。

我被人提到离地半米高的空中晃来晃去，耳朵热得像着了火。我的计划出现了纰漏：匆忙之中，我忘记等听到发动

机的声音之后再开始行动。

葡萄牙人似乎比平时更加严肃,他的眼睛好像要喷出火来。

“好哇,胆大包天的黑小子,原来是你!你才多大一点儿的人,也敢干这个?!”

他把我放到地上,松开了我的一只耳朵,粗壮的胳膊在我脸前晃动。

“你天天盯着我的车,以为我不知道?黑小子,瞧我怎么教训你!看你以后还敢不敢再碰我的车!”

侮辱比疼痛更让我难受,我恨不能把我会的脏话全泼向这个凶狠的家伙。

可是,他的一只手仍然揪着我的耳朵,好像猜到我在想什么,另一只手比划着要打我。

“说啊!骂啊!你怎么哑巴了?”

我的眼里充满了泪水,这是因为疼,因为屈辱,因为好多人在围观,他们在不怀好意地笑我。

葡萄牙人还在用话激我。

“哎,怎么不骂了,黑小子?”

我感到怒从心头起,愤愤地说:

“我现在不说,我在思考,等长大了,我要杀了你。”

他大笑起来，围观的人也跟着起哄。

“那就快长吧，黑小子，我在这儿等着你。不过，我要先教训你一下。”

他松开我的耳朵，把我横架在他的胯上，打了我屁股一巴掌。只打了一巴掌。可是他用了那么大的力气，我觉得自己的屁股被他打到胃里去了。然后，他放了我。

我在人们的嘲笑声中落荒而逃，直到跑过了里约－圣保罗路我才用手揉了揉屁股来减轻疼痛。婊子养的！走着瞧！我发誓要报仇，发誓要……不过，我离人群越来越远，疼痛也越来越轻。学校要是有人知道了这件事情就糟糕了，我怎么跟明基诺说呢？至少一个星期，每当我路过“穷·饿”商店的时候，那些大人肯定会偷偷地讥笑我。我得早一点儿出门，从别的地方过马路……

我一边想着心事，一边走近了市场，在水龙头下洗了洗脚，穿上了球鞋。托托卡正焦急地等着我。我可不跟他说刚才丢脸的事。

“泽泽，你得帮我一个忙。”

“你怎么了？”

“你记得毕艾吗？”

“就是卡帕内马男爵街那个又高又胖的家伙？”

“就是他，他要在学校门口截我，你能为我跟他干一架吗？”

“他会打死我的。”

“不会的，你是英勇的打架无敌手啊。”

“好吧。在学校门口？”

“对。”

托托卡就是这样，总爱打架，还老是把我搅进去。不过也好，我正好可以把对葡萄牙人的火气全发泄在毕艾身上。

事实是那天我被暴打一顿，眼睛被打紫了，胳膊也受了伤。托托卡和其他人坐在地上为我助威，膝盖上放着他和我的课本，还在那里指手画脚。

“用头撞他的肚子，泽泽。咬啊，用指甲掐他的肥肉。踢他的小鸡鸡。”

虽然他们为我加油助威、发号施令，可是，要不是糖果店的罗森博格先生，我可能早被打成肉酱了。他从柜台后面跑出来，揪着毕艾衬衫的领子把他拉开，推了他几下，说：

“你也不害臊？这么大块头欺负这么小的孩子！”

我听家里人说，罗森博格先生心里暗暗喜欢我姐姐拉拉，他认识我们，不管拉拉和我们中的谁在一起，他都会给我们点心和糖吃，笑得满脸开花，连他的那几颗金牙都露出来。

我还是没有憋住，把我惨败的经历告诉了明基诺，反正我那肿胀的乌眼青什么也隐瞒不了，而且爸爸看见我这副样子，又在我的头上打了几巴掌，然后把托托卡训了一顿。爸爸从来不揍托托卡，却老揍我，因为我是一个坏包。

明基诺从来都是很认真地听我的故事。我怎么能不对它讲呢？它听着听着，就生起气来，等我讲完之后，它气愤地说：

“懦夫！”

“其实打架倒不算什么，要是你看见……”

我一五一十地把扒车的遭遇告诉了它。明基诺佩服我的胆量，甚至安慰我说：

“总有一天你会报了这个仇。”

“我一定要报仇，一定！我要借来汤姆·麦克斯[1]的左轮

① 汤姆·麦克斯（1880—1940）：美国西部电影明星。

手枪，骑着弗雷德·汤姆森的‘月光马’，和科曼奇印第安人[①]一起布下陷阱，我要把他挑在竹竿顶上。”

可是过了一会儿，我的火气消了，我们聊开了其他的事情。

“苏鲁鲁卡，你不知道，还记得上星期我得的好学生奖吗？就是《魔力玫瑰》那本书。”

听见我叫它“苏鲁鲁卡”，明基诺很开心，因为它知道，我这样称呼它说明我非常喜欢它。

“当然记得。”

“我还没告诉你呢，我已经看完了。它讲的是一个王子的故事，一个仙女送给他一朵红白相间的玫瑰花，王子骑着一匹用金子打扮得漂漂亮亮的马——这是书上说的，他骑着用金子打扮的马去冒险。每当他遇到危险的时候，就摇一摇有魔力的玫瑰花，周围立刻就会出现一片烟雾，他就趁着烟雾逃走了。其实，明基诺，你知道吗？我觉得这个故事有点儿瞎编，不是我喜欢的那种冒险故事。我喜欢汤姆·麦克斯和公鹿琼斯[②]、弗雷德·汤姆森和里查德·塔尔梅奇[③]那样的

① 科曼奇印第安人：北美印第安人之一。

② 公鹿琼斯（1889—1942）：本名查尔斯·弗雷德里克·琼斯，美国电影明星。

③ 里查德·塔尔梅奇（1892—1981）：本名斯尔维斯特·阿方斯·梅茨，德国电影演员、制片和编剧。

冒险，因为他们打仗拼杀、开枪、动拳头……可要是他们一遇到危险就摇玫瑰花，那就太没意思了。你觉得呢？”

“我也觉得没意思。”

“但我真正好奇的是，一朵玫瑰花真的能有这样的魔力吗？”

“确实有些怪异。”

“那些大人讲这样的故事，还以为小孩儿会相信呢。”

“没错。”

我们听见一声响动，是路易斯过来了。我的小弟弟越来越漂亮了，他不爱哭闹，虽然我是被安排才来照看他的，可我本来也很愿意这样做。

我对明基诺说：

“咱们换个话题吧，因为我要给他讲这个故事，他肯定觉得故事好听，咱们可不能破坏了小朋友的美好想象。”

“泽泽，咱们玩儿吧？”

“我正在玩儿呢，你想玩儿什么？”

“我想去动物园。”

我无精打采地看了一眼鸡窝，那里只有一只黑色的老母鸡和两只小母鸡。

“太晚了，狮子都睡觉了，孟加拉虎也睡了，这个时候，动物园已经关门不卖票了。”

“那咱们去欧洲旅行吧。”

这个小讨厌倒什么都学会了，听到什么都能正确地说出来。可是，我不想去欧洲旅行，我只想和明基诺在一起。明基诺不会看不起我，也不会笑话我的乌眼青。

我坐到弟弟身边，和气地说：

“等等，让我想一个游戏。”

不一会儿，一个小仙女乘着白云飞了过来，树枝、水沟里的草和苏鲁鲁卡的叶子都摆动起来。微笑照亮了我挨了揍的脸。

“是你干的吗，明基诺？”

“不是我。”

“哇塞，太好啦！刮风的季节要来了。”

在我们住的这条街上，一切都有自己的季节，比如玩弹球的季节啦、抽陀螺的季节啦、攒明星照片的季节啦。放风筝的季节是最棒的，各式各样五颜六色的风筝铺天盖地，简直就是一场空战，它们彼此碰撞、拦截、纠结在一起，最后是砍杀。

刀起线断，于是，一个风筝的线和它的尾巴缠绕在了一起失去了平衡，在空中旋转着掉了下来，太美啦。班古的所有大街小巷都变成了孩子的世界。有的风筝缠在了电线上，电力公司开来了卡车，工人们气急败坏地清理掉下来的风筝，那些线乱成一团。风啊……风啊……

一个主意随风而来。

"咱们玩儿打猎吧，路易斯？"

"我不会骑马。"

"等你长大就会了，你只要好好坐在那儿就可以学怎么骑马了。"

忽然，明基诺变成了全世界最漂亮的马。风更大了，水沟里稀稀拉拉的草变成了无边的绿色草原，我穿上了带金色饰物的牛仔服，警长的五角星徽章在我胸前闪闪发光。

"跑啊，小马，跑啊，快跑，快跑……"

嗒、嗒、嗒！汤姆·麦克斯和弗雷德·汤姆森在我身上附体了；公鹿琼斯这次不想来，里查德·塔尔梅奇在拍另一部电影。

"跑啊，跑啊，小马，快跑，快跑，阿帕奇印第安人[1]朋友来

---

① 阿帕奇印第安人：北美印第安人之一。

了，你看路上尘土飞扬。”

嗒、嗒、嗒！印第安人的马队呼啸而来。

“快跑，快跑，马儿，草原上到处是野牛和水牛。开枪，哥儿们！劈啪、劈啪、劈啪！……乓、乓、乓！……嗖、嗖、嗖，箭在咆哮……”

狂风呼啸，马队驰骋飞奔，尘土飞扬。路易斯几乎大叫了起来：

“泽泽！泽泽！……”

我让马慢慢停住，从马背上跳了下来，却还在为自己的“英雄壮举”而情绪激昂。

“什么情况？水牛跑到你那边去了？”

“不是。咱们玩儿别的吧，有好多印第安人，我害怕。”

“可是，他们是阿帕奇印第安人，全都是朋友啊。”

“我就是怕嘛，印第安人太多了。”

第二章

征 服

开始的几天，我有意提前一点儿出门，免得遇到在那边停车买烟的葡萄牙人。除此之外，我特意从对面马路的街角走，路边各家房前的巴豆树的篱笆墙连在一起，树阴几乎遮盖了半边街道。一踏上里约－圣保罗路，我立刻就过马路，手里拎着球鞋，差不多是贴着工厂的大墙走。可是几天以后，所有这些小心都失去了意义。街上行人的记忆短暂，很少有人记得“保罗先生的儿子”那又一桩淘气的事情。他们在谴责我的时候总是这样说:“是保罗先生的儿子……”“是保罗先生家的淘气精……”“就是保罗先生的那个儿子……”他们甚至还编造关于我的故事。班古队被安达拉伊队打败了,他们就是这样说的:“班古队挨的打比保罗先生‘那个儿子’挨的打还要多。”

有的时候,我看见那辆该死的汽车停在街角,就会放慢脚步,避免遇到我发誓长大以后一定要杀死的那个葡萄牙人,他总是端着架子,显摆他是班古乃至全世界最漂亮的汽车的主人。

后来他消失了好几天。我可松了一口气!他肯定出远门或者是度假去了。我又可以安心上学了,甚至有点儿拿不定主意:以后有没有必要杀死他。但是有一点是肯定的:每当我跳上比他的车逊色许多的车当“蝙蝠”的时候,再也不觉得兴高采烈了,而且还会觉得耳朵火烧火燎的。

我的日子和街上的生活就这么平静如常地过着。放风筝的季节来了,街上人来人往热闹起来。白天,绚烂多彩的“星星”在蓝天上闪烁。有风的时候,我就顾不上明基诺了,只有当我挨了一顿臭骂受到惩罚的时候我才去找它。每当

这种时候，我可不敢再逃出去，因为一顿接一顿地挨揍让我的屁股真受不了了。于是，我就会和路易斯国王一起去打扮、装饰——我觉得这个词很美——我的甜橙树。明基诺似乎长高了许多，不久它就会给我开花、结果。其他甜橙树还早着呢。不过，埃德蒙多伯伯说我的甜橙树和我一样“早熟”。后来他给我解释说“早熟”就是比正常的时期早发生。其实，我觉得他解释得不对。“早熟”是指提前发生的所有事情……

于是，我找来一些绳子、线和一堆瓶盖，在瓶盖上打一个眼儿，然后用线把它们穿起来，用这个打扮明基诺。这样一来，别提它有多漂亮了。风吹得瓶盖互相碰撞，明基诺看上去好像戴上了弗雷德·汤姆森的银马刺，骑上了“月光马”……

学校里也平安无事。我已经会熟练地唱所有的国歌了，最长的国歌是《国旗颂》和《自由，自由，向我们张开翅膀》[1]。在我看来，汤姆·麦克斯也一定和我一样，最喜欢的是后一首。当我骑在马上，没有战事，也不打猎的时候，明基诺总是央求我：

---

[1] 巴西只有一首国歌，这里泽泽误以为老师教的都是国歌。

"唱一个吧,皮纳热战士,唱那首'自由'的国歌。"

于是,广阔的平原上就响起了我那纤细的歌声,比我每星期二给阿里奥瓦尔多先生当助手和他一起唱的时候好听多了。

我照例每星期二逃学,去等我的大朋友阿里奥瓦尔多先生乘坐的那趟火车。他从台阶上走下来的时候,手上总是挥动着要在街上叫卖的歌篇,身上还背着两个装满歌篇的袋子。他每次都能把所有的歌篇卖光,这是让我们两人特别开心的事情……

课间休息的时候,如果有时间,我还可以和同学们玩弹球。他们叫我"老鼠",因为我弹球打得准,几乎每天回家的时候,小书包里的弹球总是沉甸甸的,甚至常常是原来的三倍。

最令人感动的是我的老师塞西莉亚·派姆小姐。人家可能对她说我是我家所在的那条街上的混世魔王,但是,她才不相信呢。她也不相信我是脏话大王、恶作剧大王,在这方面,其他孩子都比不上我。这些她是绝对不会相信的。在学校我是天使,从来没有挨过批评,是老师们的小宝贝,因为我是这个学校有史以来年龄最小的学生之一。塞西莉亚·派姆小姐很清楚我家生活困难,每到课间加餐的时间,看着全

班同学都在吃点心，她就会伤感，总是把我叫到一边，给我钱让我去点心店买夹馅面包。她对我温柔可亲，所以，我觉得自己表现好就是为了不让她对我感到失望。

忽然，那件事情发生了。我像往常一样沿着里约－圣保罗路慢慢走着，葡萄牙人开着汽车从我身边缓缓经过，他按了三下喇叭。我看见那个丑八怪在朝我笑，这再次激起了我心里的火，让我又想要在长大以后杀了他。我傲慢地沉下脸，假装没有看见他。

“真是这样的，明基诺，每天都这样，他好像故意在那儿等我，对我按喇叭，而且每次都是按三下。昨天，他还跟我说‘再见’了呢。”

“那你呢？”

“我根本没理他，假装没看见他。他肯定是害怕了。你看，我都快满六岁了，要不了多久，我就能长成一个男子汉。”

“你觉得他是因为害怕了才想和你交朋友？”

“肯定是这样。等等，我去搬一个小箱子来。”

明基诺长得相当高了，我必须踩着箱子才能爬上它的“马鞍”。

“这下好啦，现在咱们可以继续聊天了。”

骑在明基诺身上，我觉得自己比全世界还要大，周围的风景、水沟里的茅草和来那里觅食的山雀和食籽雀尽收眼底。晚上，天还没有黑，另一只路西亚诺就会飞来，它快乐地在我的头上盘旋，就像阿丰索空军基地的飞机。一开始，连明基诺都很吃惊我竟然不害怕蝙蝠，因为一般来说，所有的小孩都会对它感到害怕。可是连续几天，路西亚诺都没有出现，它肯定在别的地方有了其他的阿丰索基地。

“你看到了吧，明基诺，内加·欧热尼亚家的番石榴树开始变黄了，番石榴该摘了。问题是会被欧热尼亚太太抓到，明基诺，今天我已经挨了三顿揍了，我来找你就表示我正在受罚……”

可是，魔鬼伸出手把我从树上拉下来，带到了巴豆树组成的篱笆墙边。也许是午后的微风，也许是我的想象，番石榴的香气扑鼻而来。我来到篱笆墙边，拨开树枝观察了一下，听了听没有任何动静……这时，魔鬼说：“快去啊，傻瓜，趁现在一个人都没有。这个时候，她可能去日本女人的菜店了。

贝纳迪多先生？没问题，他几乎又瞎又聋，什么也看不见，就算他发现了，你也有的是时间逃跑……”

我沿着篱笆墙来到水沟边，下定了决心。我先示意明基诺不要发出任何响动。这时，我的心跳加快了。欧热尼亚太太可不是好惹的，天知道她会说出什么话来。我正踮着脚尖、屏住呼吸走过去，忽听从厨房的窗户传出了她的吼声：

“你干什么，小鬼？”

我连想都没想就说自己是来捡球的，然后撒腿就跑，“砰”一下跳进了水沟里。不料想，水沟里正有一个东西在等着我。一阵剧痛差点儿让我大叫起来。可是，如果我叫出声来，那肯定要双倍受罚：第一是因为我逃避处罚；第二是因为偷邻居家的番石榴，结果被一个玻璃碴划破了左脚。

我不顾剧痛拔出了瓶子的碎片，一边低声呻吟着，一边看着鲜血滴在水沟的脏水里。现在怎么办？我忍着眼泪拔出了玻璃碴，却不知道该怎样止血。我用力握着脚脖子以减轻疼痛。我必须挺住。天色渐晚，爸爸、妈妈和拉拉就要回来了。他们中的任何人见到我这副样子都会揍我，甚至会每个人分别揍我一顿。我慌乱地爬上水沟，单脚跳着来到我的甜橙树边坐下。脚还是很疼，但是我已经没有了想吐的感觉。

"你看啊,明基诺。"

明基诺吓坏了,它和我一样不喜欢看见血。

"我的上帝!这可怎么办?"

托托卡肯定能帮我,可是,现在他会在哪里呢?我还有格洛里亚。她应当在厨房。她是唯一不喜欢别人老揍我的人。她也许会揪我的耳朵,或者重新罚我。但是,我必须找她试一试。

我艰难地蹭到厨房门口,心里琢磨着如何让格洛里亚就范。她正在绣花。我狼狈不堪地坐下来,这次上帝帮了我的忙。她看了我一眼,发现我低着头,不想再说我什么,因为我正在挨罚。我满眼泪水,吸了吸鼻子。我发现格洛里亚停下了手里的活计,正盯着我。

"你怎么啦,泽泽?"

"没怎么,格格……为什么谁都不喜欢我?"

"你太淘气呗。"

"我今天已经挨了三顿揍了,格格。"

"不是你自找的吗?"

"我不是说这个,我的意思是因为所有的人都不喜欢我,所以他们总找茬揍我。"

格洛里亚十五岁少女的心开始软下来。我能感觉得到。

“我想，最好明天我在里约－圣保罗路上被汽车撞个粉身碎骨死掉算了。”

我的眼泪夺眶而出。

“别说傻话，泽泽，我就很喜欢你。”

“你不喜欢我，一点儿也不喜欢，如果你喜欢我，那就别让我今天再挨揍。”

“天快黑了，你没时间再调皮捣蛋，也省得挨揍了。”

“可是，我又调皮了……”

她放下手中的活计，走到我身旁，看见了我左脚的血迹，几乎大叫起来。

“我的上帝！这是怎么回事，小爷？”

我赢了。如果她叫我“小爷”，这就说明我安全了。

她抱起我，把我放到椅子上。然后，她连忙端来一盆放了盐的水，跪在我的脚边。

“会很疼啊，泽泽。”

“已经很疼了。”

“我的上帝啊，这个口子差不多有三指宽呢！你怎么弄成这样了，泽泽？”

“你别告诉别人，求你了，格格，我保证以后乖乖的，别让他们揍我……”

“好，好，我不说。可现在咱们怎么办？大家都会看见你的脚绑着纱布，而且明天你也不能去上学了，他们总会发现的。”

“我去上学，我能，我可以穿着鞋走到拐弯的地方，然后就容易了。”

“你得躺下，把脚放平，不然的话，明天你连路也走不了了。”

在她的帮助下，我一瘸一拐地走到床边。

“趁大家还没有回来，我先给你拿点儿东西吃。”

当她拿着吃的走进来的时候，我情不自禁亲了她一下。我是很少这样做的。

当大家都回来吃晚饭的时候，妈妈发现我不在场。

“泽泽呢？”

“他睡觉了。今天他老喊头疼。”

听见她的话我感到很开心，连伤口的疼痛都忘了。我喜欢他们拿我当回事。这时，格洛里亚决定替我说几句话，只

听她半是埋怨半是谴责地说:

“我觉得大家总是揍他,今天,他可遭大罪了,一天三顿揍太过分了。”

“可他简直就是个害人精,不挨揍,他就不消停!”

“你敢说你没打过他?”

“我下不了手,我最多揪揪他的耳朵。”

大家都不说话了,格洛里亚还在为我说话。

“不管怎么说,他还不满六岁啊,虽然他很淘气,可他还是个孩子。”

她的话让我觉得很幸福。

格洛里亚不放心地帮我整理好衣服,又帮我穿上球鞋。

“能去吗?”

“能,我行。”

“你不会去里约-圣保罗路干蠢事吧?”

“不会,不会。”

“你昨天说的是真话吗?”

“当然不是啦，我就是一想到谁都不喜欢我，就特别难过。”

她用手梳理了一下我金黄色的刘海，送我出门上学。

我原本以为从家到里约-圣保罗路这一段路会比较艰难，等我脱掉鞋，脚就不会那么疼了。可是，当脚直接接触到地面的时候我才发现，我必须扶着工厂的围墙慢慢地往前走，而且以这种速度我永远也到不了学校……

这时，他又来了。喇叭响了三声。真讨厌！人家都快要疼死了，他还来折磨人……

汽车在离我很近的地方停了下来。他把身体探出车外，问：

“嗨，小家伙，脚崴了？”

我想说谁也管不着。不过这一次，因为他没有叫我黑小子，我也就没有搭理他，继续向前走了大约五米。

他发动了汽车，从我身旁开了过去，然后，几乎贴着墙停了下来。车子偏离了马路，挡住了我的路。这时，他打开车门走了下来，魁梧的身躯拦住了我。

“疼得厉害吗，小家伙？”

一个曾经揍过我的人不可能用如此和蔼友善的语气跟我说话。他走近我，令人意想不到的是，竟弯下肥胖的身躯，

脸对脸地看着我。他笑容可掬,看上去似乎很亲切。

“你看上去伤得不轻啊,是不是?怎么搞的?”

“被玻璃碴划了。”

“深吗?”

我用手指比划了一下伤口的深度。

“呀,这可严重了。你为什么不在家待着?看样子你是要去学校,对不对?”

“家里谁都不知道我受伤了,他们要是知道了,肯定又要揍我,教训我下回不要弄伤自己……”

“来吧,我捎你一段路。”

“不用了,先生,谢谢。”

“为什么?”

“学校的人全都知道上次那件事。”

“可是,你伤成这样不能走路。”

我低下头,承认这是事实。这时,我感到我那小小的自尊快要被他打垮了。

他抬起我的头,托着我的下巴,对我说:

“让我们忘记那些事情吧。你坐过汽车吗?”

“从来没坐过,先生。”

"那我带你去学校。"

"不行,我们是敌人。"

"就算是吧,可是我不在乎,你要是不好意思,快到学校的时候,我让你下车,你愿意吗?"

我兴奋得说不出话来,只是点点头表示同意。他抱起我,打开车门,小心地把我放在座椅上。然后,他绕到另一边车门,坐进自己的位置。发动车子之前,他又朝我笑了笑。

"看,这样多好啊。"

汽车平稳地跑着,稍微有些晃动,舒适的感觉让我闭上眼睛幻想起来。汽车比弗雷德·汤姆森的"月光马"更稳当,更好玩。可是,没过多久,当我睁开眼睛的时候,发现我们马上就要到学校了。我看到成群的学生走进学校的大门,惊慌地从座椅上滑下去,赶紧藏起来。我紧张地说:

"先生,你答应在到达学校之前停车的。"

"我改变主意了,你的脚不能就这样不管,会感染破伤风的。"

我还没来得及问那个又好听又有些难懂的词是什么意思,而且我知道,就算我说不想去也没有用,车子已经开上了收费站街。我在座位上坐好。

“你让我觉得你挺勇敢，现在，咱们就去看看你是不是真的勇敢。”

他把车停在药店门前，抱起我走了进去。阿道克托·卢斯医生接待了我们。我心里很害怕，他给工厂里的人看病，所以跟爸爸很熟。当他盯着我问话的时候，我更害怕了。他问我：

“你是保罗·德瓦斯康塞洛斯的儿子，对不对？他找到工作了吗？”

我必须回答他，虽然我不好意思让葡萄牙人知道爸爸失业了。

“他在等消息，他们答应给他机会……”

“让我们看看你这里出了什么问题吧。”

他揭开包在伤口上的布，意味深长地“嗯”了一声。我撇着嘴要哭出来了。可是，葡萄牙人站在我身后扶住了我。

他们让我坐在一个铺着白布的桌子上，拿出一些铁质的工具。我吓得发抖，不过，时间并不长，因为葡萄牙人让我靠在他的胸口上，他用力却很温柔地扶着我的肩膀。

“不会太疼。等处理完伤口，我带你去喝冷饮，吃点心，如果你不哭，我给你买带明星照片的那种糖。”

于是，我鼓足了全世界的勇气，虽然眼泪直流，却乖乖地听任他们摆布。他们给我缝了几针，还给我打了一个预防破伤风的针。我想吐，可还是忍住了。葡萄牙人用力抓着我，好像要分担我的疼痛。他用他的手绢替我擦去头发上和脸上的汗水。这一切似乎永远不会结束，不过，终于还是结束了……

他带我上车的时候显得很高兴，兑现了所有承诺。不过，我却什么心情都没有，觉得他们好像把我的魂从脚上取走了……

“现在你不能去上学，小家伙。”

我们坐在车里，我紧挨着他坐着，时不时会碰到他的胳膊，几乎影响了他操纵方向盘。

“我送你到你家附近，你随便编一个理由，你可以说课间的时候受伤了，是老师带你去药店……”

我感激地看着他。

“你是一个勇敢的小男子汉，小家伙。”

我忍着痛笑了，可是，就在疼痛中，我发现了一件重要的事情：现在，葡萄牙人已经成了这个世界上我最喜欢的人了。

第三章

老　葡

“你知道吗，明基诺，我全发现了，完完全全发现了，他住在卡帕内马男爵街的尽头，就是那条街最里边的那幢房子，他的汽车就停在他的房子旁边。他家有两个鸟笼，一个里面关着一只金丝雀，另一个里面关着一只青彩鸥。一大早，我背着擦鞋箱去的，装作漫不经心的样子，我就是特别想去看看，明基诺，我想得连擦鞋箱的重量都不觉得了。到了那儿以后，我仔细察看了那幢房子，觉得一个人住实在太大了。他当时正在房子后面的水池旁刮胡子。

“我拍了拍手。

“‘要擦皮鞋吗？’

“他带着满脸肥皂沫走了出来，脸上有一片刮过的痕迹。他微笑了一下，说：

“‘哦，原来是你！过来，小家伙。’

“我跟在他身后。

“‘稍等一下，我马上就好。’

“说完，他用刮胡子刀在脸上‘刷、刷、刷’地刮起来。我心里想，等我长大成为男子汉的时候，也要有这样的胡子，到时候，我也可以这样美美地‘刷、刷、刷’地刮……

“我坐在我的擦鞋箱上等。他从镜子里看了看我：

“‘今天不上学？’

“‘今天是全国假日，所以，我出来擦鞋挣几个小钱。’

“‘哦！’

“他继续刮胡子，然后在水池边弯下身子洗了洗脸，用毛巾擦干。他脸色红润，神采奕奕。他又朝我笑了笑。

“‘想和我一起共进早餐吗？’

“我嘴上说不想，其实心里很想。

“‘进来吧。’

“你只有亲眼看到才会相信，他家里的一切都那么干净整齐。桌子上铺着带红格儿的桌布，已经摆好了咖啡杯，可不是我家的那种锡杯。他说他每天去上班的时候，一个黑人女佣就来把他家‘收拾整齐’。

“‘你要是愿意，就像我这样，把面包在咖啡里蘸一下，不过，咽的时候别弄出声来，那样不雅’。”

这时候，我看了一眼明基诺，它像一个木偶似的一言不发。

“怎么啦？”

“没怎么，我在听呢。”

“听着，明基诺，我不想跟你吵架，可是，你要是不高兴，还是说出来比较好。”

“你现在只想跟葡萄牙人玩，不带我玩了。”

我想了一下。它说的没错，我根本没有想到它不能参加。

“两天以后，咱们就可以见到公鹿琼斯了，我已经让坐牛酋长[1]给他捎口信去了。公鹿琼斯现在去很远的萨凡纳打

① 坐牛酋长（约 1831—1890）：印第安名为塔坦卡・约塔克，美国达科他州特顿印第安人首领，以智勇超群深受族人敬仰。

猎……明基诺,应该说‘萨凡纳’还是‘萨凡纳河’呢?电影里带一个‘河’字,我不知道,等我去丁丁娜家的时候,问问埃德蒙多伯伯吧。”

又是沉默。

“我们刚才说到哪儿了?”

“把咖啡在面包里蘸一下。”

我大笑起来。

“咖啡蘸面包?错啦,傻瓜,后来,我们都不说话了,他仔细打量我。

“‘你一定花了不少工夫才找到我的住处吧?’

“我感到窘迫,决定实话实说。

“‘我要是说出来,先生不会生气吧?’

“‘不会,朋友之间不应该有秘密……’

“‘我来不是为了擦皮鞋。’

“‘我知道。’

“‘其实,我特别想……住在这边的人鞋上没有土可擦,住在里约-圣保罗路那边的人才需要擦鞋。’

“‘所以,你来的时候不用背这么沉的箱子,是不是?’

“‘要不是背着擦鞋箱,他们就不让我来,只许我在近处

走走，而且我还得时不时在家里出现一下，明白吗？我要到远处去的话，必须装作是去工作。'

“他被我这套理论逗乐了。

“'如果我是去工作，家里的人就知道我没有淘气，这样最好，因为这样我就不会挨揍了。'

“'我可不相信你像你说的那么淘气。'

“于是，我严肃起来。

“'我什么都不行，坏透了，圣诞节那天为我降生的肯定是个小魔鬼，所以，我什么礼物也得不到。我是害人精，是小畜生、小狗、十足的小流氓，我姐姐说，像我这样的坏东西根本不该出生……'

“他吃惊地挠了挠头。

“'光是这个星期，我已经挨了好多次揍了，有几次还真的很疼。有的时候，我什么都没干，可还是挨揍，什么坏事全是我的错，他们把揍我当成了家常便饭。'

“'可是，你到底做了什么坏事呢？'

“'全是鬼使神差，念头一出现，我……我就开始行动。这个星期，我点火烧了内加·欧热尼亚太太家的篱笆墙，我骂科尔德利亚太太是肥鸭子，我踢布球玩儿的时候，那个该

死的球飞进了窗户，打碎了纳西萨太太的大镜子，我还用弹弓打碎了三个灯泡，用石头砸了一下阿贝尔先生儿子的头。'

"'够啦，够啦。'

"他用手捂着嘴偷偷地笑。

"'可是，还有呢，我还把滕特娜太太刚刚种的小苗全拔光了，让罗塞娜太太的猫吞了一个弹球。'

"'噢！这可不行，我可不喜欢有人虐待动物。'

"'不过，不是大个儿的弹球，是那种很小的，他们给猫吃了泻药，弹球就出来了。他们没还给我弹球，把我臭揍了一顿。最惨的是有一次我正在睡觉呢，爸爸抄起拖鞋揍了我一顿，我都不知道自己为什么挨打。'

"'后来你知道了？'

"'我和一帮小伙伴去看电影，我们买的是二楼的票，因为比较便宜。后来，我想方便方便，先生知道了吧？我就在那个墙角方便了一下，结果，水流到楼下去了。我要是因为出去而错过了电影里的情节那才是傻瓜呢。可是，先生肯定知道，孩子就是孩子，只要一个人干了一件事，大家就都想干，他们也都跑到那个角落去方便，水流成了河。最后人家发现了，结果呢，先生肯定知道喽：是保罗先生的儿子干的！

从此，一年之内他们禁止我再进班古电影院，直到我学乖。那天晚上，老板跟爸爸告状，弄得他很不开心，他说：我就知道这小子……'"

明基诺还是闷闷不乐。

"听着，明基诺，别这样，他是我最好的朋友；你呢，绝对是树中之王，就像路易斯绝对是我们兄弟姐妹中的国王一样。你要知道，人的心要很大，才能放得下我们喜欢的每一样东西。"

沉默。

"知道吗，明基诺，我要玩弹球去了。你真没劲。"

我保守这个秘密，一开始只是因为我不好意思让人看见我坐在曾经揍过我的这个人的车里；后来，则是因为保守秘密是件有趣的事情。在这方面，葡萄牙人倒是很听我的话，我们发誓，一直到死都不能让任何人知道我们两人的友谊。首先，这是因为他不想让所有的孩子搭他的车。当遇到熟人，甚至遇到托托卡的时候，我就弯下身子。其次，是因为这样一来，别人就不能介入我们的世界。

“先生从来没见过我妈妈吧？她可漂亮啦，是真正的印第安人的女儿，我们全家都是半个印第安人。”

“可是，为什么你的肤色这么浅，还有一头浅黄色的几乎是白色的头发呢？”

“这是葡萄牙的那部分。你看，妈妈是印第安人，皮肤黑黑的，头发直直的，只有我和格格像变色猫。妈妈在纺织厂做工挣钱贴补家用。前几天，她在抬一箱线轴的时候，觉得肚子特别疼，只好去了医院，医生给了她一根腰带，说她得了疝气。知道吗，妈妈对我可好啦，她揍我的时候只用院子里那棵榕树的小树枝，而且只打在我的腿上。她每天晚上回到家累得连话都不想说了。”

汽车继续走，我滔滔不绝地说着。

“我大姐真不得了，她有一大群男朋友。妈妈让她照顾我们，带我们出去散步，并嘱咐她不要朝上坡的路上走，因为妈妈知道，在拐弯的地方肯定有一个男朋友在那等着呢。于是，她就朝下坡的路上走，结果，那边也有一个男朋友在等她。她的铅笔永远不够用，因为她不停地给男朋友们写信……”

“我们到啦……”

我们来到市场附近，他在我们说好的地方停了车。

“明天见，小家伙。”

他知道，我会想办法到他开车去的地方找他喝冷饮，得到几张明星照片。我甚至已经知道他什么时间不太忙。

这场游戏一直持续了一个多月，远远超过一个月。直到现在我都不能想象，当他听完我的圣诞节故事的时候，他那张大人的脸上会露出那么难过的样子，眼睛里竟全是泪水。他抚摸着我的头，向我保证说以后我再也不会有收不到礼物的圣诞节了。

日子缓慢而快乐地过着。连家里的人都开始注意到了我的变化：我不再那么淘气了，而且常常一个人钻进后院我那个小小的世界里。事实上，有的时候，魔鬼还会在我心里占据上风，但是，我已经不再像从前那样满嘴脏话，邻居们也有了安静的日子。

他只要有空，总是会带我出去兜风。有一次，他停下车，对着我微笑。

“你喜欢坐‘咱们’的车出来这样兜风吗？”

“咱们的车？它也是我的？”

“我所有的都是你的，就像两个好朋友那样。”

我高兴极了。啊，我真想告诉全世界的人，说我是这辆最漂亮的车的半个主人。

“也就是说，咱们现在是铁杆朋友了？”

“当然。”

“那我可以问你一件事吗？”

“可以，先生。”

“我看，你现在是不是不想长大以后杀死我了？”

“不想，我才不那么干呢。”

“可是，你说过要杀我，对不对？”

“我说的是气话，我永远都不会杀人，我连家里杀鸡都不敢看，而且后来我发现先生根本不像人家说的那样，才不是什么‘食人族’呢。”

他差一点儿跳起来。

“你说什么？”

“我说‘食人族’。”

“你知道这是什么意思吗？”

“当然知道啦，是埃德蒙多伯伯教我的。他可聪明啦，城里还曾经有人请他编字典呢，只是直到今天，他就是不知道

怎么教我什么是‘金刚砂’。”

“你在转移话题，我要你告诉我‘食人族’到底是什么意思。”

“‘食人族’就是吃人肉的印第安人，在巴西历史里有一张图片，就是他们在剥葡萄牙人的人皮，他们还会吃敌人部落的士兵，和非洲的食人族一样。不过，非洲的食人族特别喜欢吃长胡子的传教士。”

他放声大笑起来，没有一个巴西人会像他那样笑。

“你这小脑袋瓜简直是金子做的，小家伙，有的时候，真让我吃惊。”

然后，他严肃地看着我。

“告诉我，小家伙，你几岁了？”

“说真的还是说假的？”

“当然说真的啦，我可不想有一个撒谎的朋友。”

“是这样，要是说真的，我才五岁，但是，我得假装自己六岁，不然的话，我就不能上学了。”

“他们为什么这么早就让你上学？”

“先生您想啊，他们都希望有几个小时看不到我呢。先生知道什么是‘金刚砂’吗？”

“你在哪儿看到这个词的？”

我把手伸进衣兜，里面装着弹弓用的小石子、明星照片、陀螺绳和弹球。

“就是这个。”

我掏出一块带一个印第安人头像的小牌子，那是一个北美印第安人，他的头上插满了羽毛，牌子的背面就写着那个词。

他把小牌子拿在手上翻来覆去地看了看。

“可是，你看，我也不知道。你在哪儿找到的？”

“它本来是在爸爸的手表上的，原来带一条链子，可以拴在裤兜上。爸爸说要把那块表留给我，后来，他需要钱，就把它卖了。那块表可漂亮啦。他把这个小牌子给了我，我剪掉了那根链子，因为它有一股难闻的酸味儿。”

他又用手抚摸我的头。

“你这个小家伙真让人搞不懂，不过，我得承认，你让我这个葡萄牙老人的心里充满了快乐，真的。咱们走吧。”

“好，稍等一下，我要和先生说一件很严肃的事。”

“好，说吧。”

“咱们是真正的朋友了，对不对？”

“毫无疑问。”

“连汽车也有我一半，是不是？”

“有一天它会是你的，完全属于你。”

“那……那……”

我说不出话来。

“说话啊，你怎么结巴了？这可不像你……”

“先生不生气？”

“我保证不生气。”

“在咱们的友谊里，有两件事情我不喜欢。”

可是，我的话不像想象的那样容易说出口。

“哪两件？”

“第一，既然咱们是亲密的朋友，我干吗非得‘先生’长‘先生’短地叫您……”

他笑了。

“那你愿意怎么叫就怎么叫吧，用‘你’，或者用‘老兄’……”

“用‘老兄’？不行，这很难办，我会把咱们的谈话全告诉明基诺，可是，我跟它说话的时候老说‘老兄’，那就不对了。还是用‘你’吧，先生不生气？”

“瞧你说的，我为什么生气？这个要求很合理嘛。谁是明基诺，我怎么从来没听你说起过？”

“明基诺就是苏鲁鲁卡。”

“哦，苏鲁鲁卡就是明基诺，明基诺就是苏鲁鲁卡。我还是不明白。”

“明基诺是我的甜橙树，我特别喜欢它的时候，就叫它‘苏鲁鲁卡’。”

“也就是说，你有一棵叫‘明基诺’的甜橙树。”

“它可棒啦，它能跟我聊天，能变成一匹马，和我一起奔跑，还有公鹿琼斯、汤姆·麦克斯和弗雷德·汤姆森……你……（这是我第一次这样称呼他，还真有点儿费劲儿）你喜欢肯·梅纳尔[①]吗？”

他表示自己对西部电影了解不多。

“有一天，弗雷德·汤姆森把我介绍给他，我特别喜欢他戴的那种大大的牛仔帽，可是，他好像不会笑……”

“别说这个了，我都快被你小脑袋瓜里的东西搞晕了。还有另一件事情呢？”

“另一件事情更难啦，不过，既然我用‘你’你都不生气……我不太喜欢你的名字，也不是不喜欢，可是在朋友之

---

① 肯·梅纳尔（1895—1973）：美国电影演员，以扮演牛仔形象著称。

间，它很……"

"圣母啊，这回你想说什么?!"

"你觉得我会叫你'瓦拉达雷斯'?"

他想了想，笑了。

"说真的，是不好听。"

"要是叫你'曼努埃尔'呢，我又不喜欢。你可不知道，每次爸爸讲葡萄牙人笑话的时候我多受刺激，他学葡萄牙人说话：'曼努埃勒'……婊子养的，一听就知道他从来没有葡萄牙朋友……"

"你刚才说什么?"

"我爸爸学葡萄牙人说话啊?"

"不是这个，在这句后面，很难听的话。"

"'婊子养的'和'杂种'一样都是难听的脏话?"

"差不多。"

"那我争取以后不说了。关于名字，怎么办?"

"我正要问你呢，你不想叫我'瓦拉达雷斯'，可又不喜欢'曼努埃尔'，那你有什么其他主意吗?"

"有一个名字我觉得很好听。"

"什么?"

这时，我做出最赖皮的样子，说：

“就是拉迪斯劳先生和糖果店的其他人叫你的那个……”

他握着拳头，装出生气的样子。

“知道吗，你是我见过的最没大没小的孩子。你是想叫我‘老葡’，对不对？”

“这样更亲切。”

“你真这么想？好吧，我批准你啦，现在咱们出发吧，好不好？”

他发动了汽车。开出一段距离以后，他若有所思地把头伸出窗外，看了看路上的情况：没有车，也没有人过来。

他打开车门，命令道：

“下车。”

我乖乖地下了车，跟着他来到汽车的后面。

他指了指备胎。

“现在，给我抓紧，要小心啊。”

我摽在他的车后面心里美极了。他回到车上，慢慢发动了汽车。五分钟以后，他停下车过来看我。

“喜欢吗？”

“像做梦一样。”

“玩儿够啦？咱们走吧，天快黑了。”

夜晚缓慢地来临了，知了在丛林里欢唱，报告着夏天来到的消息。

汽车平稳地走着。

“听着，从今以后，咱们谁都不要再提以前那件事了，好不好？”

“再也不提了。”

“我真想知道，你回家以后怎么解释这一整天是在哪儿过的。”

“我早想好啦，我就说我去学天主教入门课程了，今天不是星期四吗？”

“真拿你没办法，你总有的说。”

于是，我挪到他身边，把头靠在他的胳膊上。

“老葡！”

“嗯……”

“知道吗，我再也不想离开你了。”

“为什么？”

“因为你是世界上最好的人，有你在身边，谁都不能欺负我，我就觉得自己心里有一个‘幸福的太阳’。”

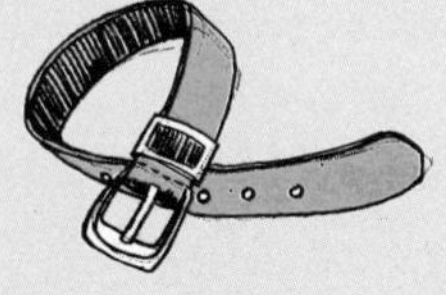

第四章

刻骨铭心的两顿揍

“你在这里叠一下，然后沿着这条折线用刀子切开。”

刀刃在纸上划过，发出轻柔的声音。

“现在，薄薄地涂一层糨糊，留一个小小的边，就这样。”

我坐在托托卡身边，跟他学做纸球。一切都粘好以后，托托卡用一个衣服夹子把纸球夹在晾衣绳上。

“等它完全干了以后，咱们才能给它做小口。学会了吗，小傻瓜？”

“会了。”

我们坐在厨房的门槛上，看着彩色的纸球，恨不得它立刻就干。这时，托托卡还沉浸在师傅的角色里，继续解释说：

“只有多练，才能做出橘子形状的纸球，一开始，你可以先做两个橘子瓣，这个比较容易。”

“托托卡，我要自己做一个，你能帮我开小口吗？”

“那要看情况。”

他是在打自己的小算盘呢，他惦记上了我的弹球或者我攒的电影明星照片。谁都不明白为什么我的明星照片会“与日俱增”。

“真没劲，托托卡，你求我的时候，我还为你打过架呢。”

“那好吧，第一次我可以免费帮你，可是，你要是没学会，以后可要用东西来换哦。”

“一言为定。”

那个时候，我暗暗发誓一定要学会，让他再也不能碰我的东西。

从这时起，我一门心思全在纸球上了，我一定要做出“我的”纸球，要是我告诉老葡说那个纸球是我做的，他不定多

骄傲呢！要是苏鲁鲁卡看见那个小东西在我的手上摇啊，晃啊，它一定对我佩服得五体投地……

一想到这些，我就装了满满一兜弹球和重复的明星照片上街去了。我要用低价把它们卖掉，好至少买两张丝纸。

“快来看啊，各位！一毛钱五个弹球啦，新的啊，跟商店里买的一样啊。”

没有人理我。

“一毛钱十张明星照片啦，你们在洛塔太太的杂货铺里可买不到啊。”

还是没有人理我。小伙伴们都没有钱。我沿着进步街从一头走到另一头，一路叫卖着。我几乎跑遍了整条卡帕内马男爵街，还是一无所获。如果去丁丁娜家呢？我去了，可是奶奶一点儿不感兴趣。

“我可不买照片和弹球，你还是自己收好吧，因为明天你就会来求我，要把它们重新买回去。”

其实是丁丁娜没有钱。

我返回到街上，看了看自己的腿：我在街上到处跑，弄得腿上满是灰尘。太阳快要落山了，这时，奇迹出现了。

“泽泽！泽泽！”

比里基尼奥发疯似的向我跑过来。

“我到处找你,你在卖东西?”

我晃了晃兜里的弹球。

“咱们坐下说。”

我们坐下来,我把我的货倒在了地上。

“怎么卖?”

“一毛钱五个弹球,十张照片也是这个价。”

“真贵。”

我要急了。“不要脸的强盗!别人全都是五张照片或者三个弹球卖一毛钱,那才叫贵呢。”我正要把东西收起来,只听他说:

“等等。我可以挑吗?”

“你有多少钱?”

“三毛,我可以花两毛。”

“那好吧,我给你六个弹球、十二张照片。”

我飞奔到“穷·饿”商店。没有人记得“那件事”了，柜台旁边只有奥兰多先生在跟人聊天，等到工厂的汽笛声一响，工厂的人全到这儿来喝酒，那个时候这里人会多得挤都挤不进来。

“先生，有丝纸吗？”

“你有钱吗？用你爸爸的账户赊账可不行。”

我没有生气，掏出两个硬币。

“只有玫瑰色和南瓜色的。”

“真的？”

“放风筝的时候，都被你们买走了。不过，颜色有关系吗？什么颜色的风筝都能飞，对不对？”

“可我不是要做风筝，我要做我的第一个纸球，我想把它做成全世界最美的。”

没有时间再浪费了，如果我跑到希科·佛朗哥商店的话，又要浪费很多时间。

“就要这个吧。”

现在，情况有所不同了，我搬了一把椅子放到桌子旁边，让路易斯国王坐上去看着。

“你要乖乖的，答应了？泽泽要做一件特别特别难的事情，等你长大了，我教你，一分钱都不收。”

天很快黑下来，我还在做纸球。工厂的汽笛响了，我得加快速度，冉迪拉已经开始在餐桌上摆盘子了，她总是喜欢让我们先吃，省得我们打扰了哥哥姐姐们……

“泽泽！……路易斯！……”

她的喊声大得好像我们是在遥远的木伦渡。我把路易斯抱下来，说：

“你先去，我马上就来。”

“泽泽！……立刻过来，不然要你好看。”

“马上就来！”

女魔鬼心情不好，肯定是跟哪个男朋友吵架了，可能是跟坡上的那个，也可能是跟坡下的那个。

可是，就像故意跟我捣乱似的，糨糊快干了，糨糊粉粘在我的手指上，妨碍了我的工作。

吼声更大了。天黑下来，光线暗得让我的工作无法进行下去。

“泽泽！”

没戏。我完了。她大发雷霆。

“你以为我是你的用人啊？马上过来吃饭。”

她冲进房间，揪住我的耳朵，把我拖进餐厅，一把推到餐桌前。我火了。

“我不吃！不吃！就不吃！我要做完我的纸球。”

我冲出餐厅，跑回原先的地方。

她暴跳如雷，没有朝我走来，而是向桌子走过去。我的美丽的梦一下破碎了，我还没做完的纸球被撕成了碎片。她还不满意（我吓呆了，不知所措），抓住我的腿和胳膊，把我扔到房间的中央。

“我说话，你必须照办。”

我心里的魔鬼出动了，愤怒像飓风一样爆发了。

“你知道你是什么吗？你是婊子！”

她把脸凑到我的脸跟前，眼睛露出凶光。

“看你敢再说一遍。”

我一字一顿地又说了一遍。

“婊——子——！”

她从柜子上抄起皮戒尺，开始狠狠地打我。我转过身，用手捂着脸。与我心中的怒火比起来，疼痛要轻得多。

“婊子！婊子！婊子养的！……”

她不停手地打我，我感到身上火烧火燎的疼。这时，托托卡进来了，他是来帮姐姐的，因为她打我已经打累了。

“杀了我吧，刽子手！杀了我之后去监狱，监狱就在那儿！”

她继续打我，直到把我打得跪坐在地上，靠在了柜子上。

“婊子！婊子养的！”

托托卡把我拉起来，把我的身体转向他们。

“闭嘴，泽泽，你不能这样骂姐姐。”

“她就是婊子，刽子手，她就是婊子养的！”

于是，他的拳头落到了我的脸上、眼睛上、鼻子上和嘴上，特别是嘴上……

格洛里亚救了我。她当时正在邻居家和罗塞娜太太聊天，听到喊叫声，她连忙跑过来，一阵风似的冲进房间。格洛里亚可不是好惹的，她看到我满脸是血，一下把托托卡推到一边，把比她大的冉迪拉也推出好远去。我躺在地上，眼睛几乎睁不开，呼吸困难。格洛里亚把我抱进卧室，我竟没有哭，但是，躲进了妈妈的房间的路易斯国王代替我大哭起来，那是他感到害怕，也因为他们欺负了我。

格洛里亚训斥他们说：

“总有一天，你们会打死这孩子的。我说的没错，你们简直是没有心肝的魔鬼！”

她把我放在床上，准备好那盆万能的盐水。托托卡尴尬地走进来，格洛里亚推了他一把。

“滚，胆小鬼！”

“你没听见他刚才在骂什么？”

“他什么也没做，是你们招惹他，我走的时候，他还安安静静地在做纸球呢。你们真没心肝，怎么可以对自己的弟弟下这么狠的手？”

她给我擦拭血迹，我把一颗牙吐到了水盆里。火山爆发了。

“看看你干了什么，流氓，你想打架又不敢打的时候，就叫他替你打，孬种！你都九岁了还尿床，我要把你的褥子和你每天早晨藏进抽屉的湿裤子让大家看。”

然后，她把所有的人赶出房间，锁上了门，点上了灯。天完全黑下来了，她脱下我的上衣，为我清洗身上的污渍和伤口。

“疼不疼，小爷？”

“这一次真疼。”

“我轻轻的，亲爱的小鬼，你得先趴一会儿，让伤口干一干，不然，它粘到衣服上会很疼。”

但是，我的脸疼得最厉害，毫无道理的毒打带给我的疼痛和愤怒折磨着我。

处理好我的伤，她在我身边躺下，抚摸着我的头。

“你都看见了，格格，我什么都没干。如果我真该挨揍，我就不在乎他们揍我，可是，我什么都没干啊。”

她干咽了几口唾沫。

“最让我伤心的是我的纸球，本来那么好看，不信你去问路易斯。”

“我信，肯定特别好看。不过没关系，明天咱们去丁丁娜家，去买丝纸，我帮你做一个全世界最最漂亮的连星星都羡慕的纸球。”

“没用了，格洛里亚，只有我做的第一个是最漂亮的，要是我第一个没做好，以后再也做不好了，而且我也不想再做了。”

“总有一天……总有一天……我要带你离开家走得远远的，咱们住到……”

她沉默了。她肯定是想到了丁丁娜家，可是，也许那里也是一个地狱，所以她决定还是去找我的甜橙树，进入我的梦想世界。

“我带你去汤姆·麦克斯或者公鹿琼斯的木屋。”

"可是,我更喜欢弗雷德·汤姆森。"

"那好,咱们就去找他。"

后来,我们两个完全无助的人一起低声哭起来……

尽管我很想念葡萄牙人,可是整整两天,我不能去找他。家里人不让我去上学,害怕他们的暴行被别人知道。等我的脸消了肿,嘴唇的伤愈合之后,我才能回到原来的生活节奏中。那两天,我都是和小弟弟坐在明基诺身边度过的,我不想说话,对一切都感到害怕。爸爸警告我说,如果我再敢说骂冉迪拉的那些话,他就要揍扁了我。我甚至连喘气都胆战心惊。最好的办法就是躲到我的甜橙树小小树阴下看老葡给我的那一堆明星照片,教路易斯国王玩弹球。他笨手笨脚的,不过,到了开窍的那一天,他就学会了。

可是,我越来越思念老葡。他一定奇怪我为什么不去找他,如果他知道我住在哪儿,也许会来找我。我听不到他的声音。他跟我说话的时候,老爱用第二人称变位的"你"[①],他

① 葡萄牙语中有两个单数第二人称代词 tu 和 você,意思都是"你",但后者也可译为"您",使用前面的"你"时,相关的动词用第二人称变位,变位方法比较复杂。

的声音低沉，却很温柔。塞西莉亚·派姆小姐曾经说过，能用这种方式称呼别人的人一定精通语法。我见不到他古铜色的脸，见不到他爱穿的一尘不染的黑衣服——他的衬衫领子总是笔挺着，就好像刚从抽屉里拿出来的一样，见不到他带小格子的马甲，也见不到他的船锚形状的金色纽扣。

但是，我会很快很快好起来，孩子的伤好得快，比人们常说的“结婚以后病就好了”还要快。

那天晚上，爸爸没有出门。除了已经睡着的路易斯，家里的其他人都不在。妈妈可能在城里回来的路上。有的时候，她在纺织厂上夜班，所以，我们星期天才见得到她。

我决定待在爸爸身边，因为这样我就不会淘气了。他坐在摇椅上，望着墙壁发呆。他的脸上老是胡子拉碴的，衬衫也不总是干干净净。他没有出去和朋友打牌，因为他没有钱。可怜的爸爸，他一定很难过，他知道妈妈出去工作是为了帮助支撑这个家。拉拉也进了工厂。他一定很难找到工作，看他垂头丧气回来的样子，一定是又得到这样的答复：我们需要年轻人……

我坐在门槛上，数着墙上白色的小壁虎，不时把目光转向爸爸。

我只在圣诞节那天早上见过他这么难过的样子。我必须为他做点儿什么。我给他唱歌？他听到我轻声地唱歌，肯定就不这么难过了。我把自己会的歌在心里过了一遍，想起刚刚跟阿里奥瓦尔多先生学的新歌。那是一首探戈，是我听到过的最好听的探戈。我轻声唱起来：

我想要一个裸体女郎，
光溜溜身体的裸体女郎，
……
夜晚明亮的月光下，
我想要，
……

“泽泽！”

“我在呢，爸爸。”

我连忙站起身。爸爸肯定很喜欢我的歌，想让我过去给他唱。

“你在唱什么？”

我重唱了一遍。

我想要一个裸体女郎……

“跟谁学的这个歌？”

他的眼睛里露出疯子那样阴冷的目光。

“跟阿里奥瓦尔多先生学的。”

“我告诉过你不要老跟他在一起。”

他从来没有说过。我觉得，他根本不知道我帮阿里奥瓦尔多先生卖歌篇，是他唱歌的搭档这件事。

“你再唱一遍。”

“这是一首很流行的探戈。”

我想要一个裸体女郎……

一记耳光打到我的脸上。

“再唱。”

我想要一个裸体女郎……

又一记耳光，又是一记耳光，再来一个。我的眼泪禁不住夺眶而出。

“唱啊，继续唱。”

我想要一个裸体女郎……

我的脸几乎动弹不得,好像被掀掉了。眼睛随着一记一记凶狠的耳光睁开闭上,闭上睁开。我不知道自己是应该停下来,还是应该听爸爸的话……可是,在痛苦中我下了一个决心:这是我最后一次挨揍,最后一次,哪怕我因此而死。

他停了一下,命令我再唱。我没有唱,用极其蔑视的目光看着爸爸说:

"刽子手!……杀了我吧,杀了我去监狱吧!"

他气疯了,从摇椅上站起来,解下了腰带,腰带上有两个金属环。他发疯似的破口大骂:"你这条狗!废物!小流氓!叫你这样跟爸爸说话!"

腰带呼啸着狠狠抽在我的身上,它好像长着一千个手指打到我身体的每一处。我倒在地上,蜷缩在墙角。我相信这一次他是真的要杀了我。后来,我听见格洛里亚跑来救我的声音。她是家里唯一和我一样有浅色头发的人。没有人敢碰她。她拉住爸爸的手不让他打我。

"爸爸,爸爸,看在上帝的分上,打我吧,别再打这个孩子了。"

他把腰带扔到桌子上,用手抹了一把脸,为自己、也为我而哭泣起来。

“我晕了头了，我还以为他是在拿我开心、不听我话呢。”

格洛里亚把我从地上抱起来的时候，我一下晕了过去。

当我醒来的时候，正发着高烧。妈妈和格洛里亚在我的床头安慰我。客厅里来了很多人，连奶奶丁丁娜也被叫来了。我一动全身就疼。后来我才知道，他们本来想叫医生，可是又觉得不妥。

格洛里亚给我端来她做的汤，试着喂了我几勺。我连呼吸都困难，更不要说咽东西了。我昏睡着。醒来的时候，疼痛减轻了。可是，妈妈和格洛里亚仍然守在我身边。妈妈整夜都陪着我，可还是一大早就起床梳洗。她需要去上班。当她来跟我说再见的时候，我搂住了她的脖子。

“你不会有事的，儿子，明天你就会好起来……”

“妈妈……”

我轻轻地说出了也许是对生命的最强烈控诉：

“妈妈，我不应该出生，应该像我的纸球那样……”

她难过地抚摸着我的头。

“每个人都像他们出生那样应该出生，你也一样，只是有的时候，泽泽，你太淘气了……”

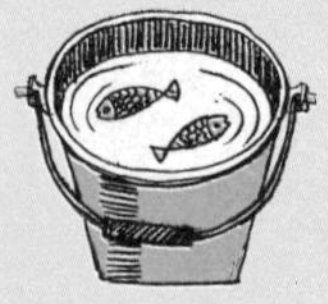

第五章

温柔而奇怪的请求

我用了一个星期才完全康复。我无精打采，这倒不是因为疼痛和挨揍。事实上，家里的人开始对我好得令人不敢相信。可是，我总是觉得缺少点儿什么，缺少点儿什么重要的东西让我还是原先的我，让我还相信别人和他们的善良。我变得很安静，什么都不想干，总是坐在明基诺身旁，思考着我的生活，对一切都失去了兴趣。我不再和明基诺聊天，也不想听它的故事，只是让我的小弟弟坐在我旁边，看他整天玩他喜欢的甜面包山缆车的游戏，上下滑动那用一百个扣子做的缆车。我用温柔的目光看着他，因为我小的时候，也和他一样喜欢这个……

格洛里亚对我的沉默感到担心。她把我那一堆明星照片和我装弹球的小口袋放到我跟前，可是有的时候，我连碰都不碰一下。我不想去看电影，也不想出去擦皮鞋。事实上，我无法放下自己内心的痛苦，感到自己像一只稀里糊涂被人痛打的小动物……

格洛里亚问起我的梦想世界。

“他们都不在，去很远的地方了……”

我说的是弗雷德·汤姆森和其他朋友。

但是，她不知道我内心正在发生的变化。我决定改看别的电影，再也不看西部牛仔片和有关印第安人的电影了。从此以后，我要看被大人们称作爱情片的电影，那些有好多接吻、拥抱、所有的人相亲相爱的电影。既然我就是被人用来揍的，至少可以看别人如何相爱。

我可以回学校的日子终于到来了。我离开家，却没有去学校。我知道老葡和“我们的”车已经白白地等我一个星期

了,我得去通知他,他才会重新来等我。他一定对我的消失感到很担心。即使他知道我病了,也不能来找我,我们有过约定,到死都要保守我们的秘密。除了上帝,不能让任何人知道我们的友谊。

那辆漂亮的汽车停在火车站对面的糖果店旁边。太阳撒下了它的第一缕快乐光芒,我的心带着我的思念已经飞了过去,我就要见到我的朋友了。

正在这时,火车站入口处的一声悠扬的汽笛把我吓了一跳,是“曼加拉迪巴”号,它气势汹汹,不可一世,像整条铁路的主人似的奔驰而过。车厢优雅地晃动着,人们透过小窗向外张望,每一位旅客都很快活。我小的时候喜欢看“曼加拉迪巴”号开过,还爱不停地向它挥手说“再见”,直到火车消失在铁路尽头。现在,喜欢这一套的人是路易斯。

我在糖果店的桌子之间寻找。他在那儿,在最里面的一张桌子旁边。他背对着我,没有穿外套,身上穿着那件带小格子的马甲,露出里面衬衫的白袖子。

我忽然觉得自己很虚弱,没有力气走到他身后。拉迪斯劳先生大呼小叫起来。

“快看啊,老葡,那是谁来了?”

他慢慢地转过身，脸上露出快乐的微笑，然后，他张开双臂，长时间地拥抱了我。

“我的心告诉我你今天会来。”

他看了我好一会儿。

“说说吧，‘逃兵’，这些日子你去哪儿啦？”

“我大病了一场。”

他拉过一把椅子。

“坐。”

他打了一个响指叫来服务员，他已经知道我爱吃什么，可是，当服务员把冷饮和点心放到我面前的时候，我连碰都没有碰。我把头枕在手臂上，心里酸酸的。

“你不想吃？”

我没有回答。老葡托起我的脸。我使劲儿咬着嘴唇，眼睛里含着泪水。

“瞧，这是怎么啦，小家伙？跟你的朋友说说吧……”

“我不能说，在这里不能。”

拉迪斯劳先生不理解地摇了摇头。我决定告诉老葡一件事情。

“老葡，那辆车真的是‘咱们的’？”

“是。你还不相信？”

“你带我去兜兜风好吗？”

他对我的这个要求感到吃惊。

“如果你想去，咱们现在就走。”

他见我两眼泪汪汪的，便拉着我的胳膊，把我带到汽车跟前，让我坐在车上。

他返回店里付了钱。我听到他跟拉迪斯劳先生和其他人说的话。

“这个孩子的家人都不理解他，我从来没见过这么敏感的男孩。”

“说实话，老葡，你挺喜欢这个小鬼啊。”

“比你想象的还要喜欢哦，他可是一个令人称奇的聪明的小家伙。”

他上车坐好。

“你想去哪儿？”

“只要离开这里就行，咱们可以去木伦渡那条路，那里不远，不费汽油。”

他笑了。

“你怎么像个小大人一样懂得大人的烦恼啊？”

家里的贫穷让我很早就懂得不能浪费任何东西，一切都要花很多钱去买，一切都很贵。

在短暂的旅途中，他什么都没有再说，让我自己安静地待着。但是，当一切渐渐远去，道路两旁出现了美丽的绿色原野的时候，他停下了车望着我，微笑里充满了世界的其他地方找不到的善良。

“老葡，你看我的脸，这不是人脸，是畜类的脸。在家里，他们都这么说我，因为我不是人，是畜类，我是皮纳热印第安人的儿子，是魔鬼的儿子。”

“我倒是很喜欢看你的脸。”

“那你好好看看，你看他们打的，现在还肿着呢。”

葡萄牙人的眼睛里充满了不安和同情。

“他们为什么揍你？”

我把事情的经过告诉了他，一五一十原原本本地全讲给他听。他听完我的诉说，眼睛湿润了，显得不知如何是好。

“可是，他们不能这样打像你这么小的孩子啊，你还不满六岁呢，圣母法蒂玛[①]！”

---

① 圣母法蒂玛：法蒂玛是葡萄牙的一个山中小镇，据说1917年5月13日圣母玛利亚突然显灵，教三个牧童祷告，后来逐渐成为全世界天主教徒朝圣祈祷的圣地。

"我知道为什么，因为我一无是处，我太坏了，所以，圣诞节为我降生的是小魔鬼，而不是圣婴！……"

"傻话，你就是小天使，你可能有点儿淘气……"

那个念头又来折磨我。

"我坏透了，真不该出生，我曾经跟妈妈说过这个。"

他第一次张口结舌。

"你不应该这么说。"

"我来找你是因为我真的有话跟你说，我知道，爸爸到了这个年纪，找不到工作是件很糟糕的事情，他一定很难过。为了挣钱贴补家用，妈妈必须一大早就出门，她在纺织厂做工，因为她老得抬装线轴的箱子，所以才得了那个疝气，腰上现在还戴着护带。姐姐拉拉本来很用功学习，现在只好进工厂做工……所有这一切都是我家的不幸。可是，那他也不该那样揍我，圣诞节的时候我是跟他这么说过，只要他愿意，他就可以揍我，可是这次他太过分了。"

他吃惊地看着我。

"圣母法蒂玛！我从来没见过这么小的孩子，懂得而且承受着大人的烦恼！"

他让自己稍微平静了一下。

“咱们是朋友，对不对？那咱们就以男人对男人的方式谈谈，好不好？尽管有些事情我不知道该怎样对你讲，这么说吧，我觉得你真不该对姐姐说那些脏话，而且你永远都不该说脏话，懂吗？”

“可是我还小，我只能那样解气。”

“你知道那些话的意思吗？”

我点点头表示知道。

“那你就更不能也不该说了。”

我们陷入了沉默。

“老葡。”

“嗯。”

“你不喜欢我说脏话？”

“就是不喜欢。”

“那好吧，我向你保证，如果我没死，我就再也不骂人了。”

“很好。怎么回事，什么死不死的？”

“我一会儿再告诉你。”

我们再次陷入了沉默。老葡若有所思。

“既然你信任我，我还想知道另一件事，是关于唱歌的那

件事，那首探戈，你知道你唱的是什么吗？”

“我不想骗你，可我真的不知道。我学这首歌是因为我什么歌都学，是因为它的调子特别好听，我根本没想过它的歌词是什么意思……可是，他揍我可狠啦，老葡，没关系……”

我用力吸了一下鼻子。

“没关系，反正我要杀了他。”

“你说什么，孩子？你要杀死你爸爸？”

“对，没错，我已经开始行动了！不过，我不是要用公鹿琼斯的左轮手枪‘砰’的一声杀死他，不是这样，我是要在心里杀死他。当你停止喜欢一个人，他就会在你心里慢慢死去。”

“你这小脑袋瓜还真能想。”

他嘴上虽然这么说，却无法掩饰心里受到的震动。

“可是，你以前不是也说要杀死我吗？”

“原先我是那么说过，可那是气话。我让你在我心里先死后生。你是我唯一喜欢的人，老葡，是我唯一的朋友，不是因为你给我买冷饮、点心，送给我明星照片和弹球……我发誓我说的都是实话。”

"听着，大家都喜欢你，你妈妈，甚至你爸爸，还有你姐姐格洛里亚、路易斯国王……对了，你忘了你的甜橙树了吗？就是那个明基诺，叫……"

"苏鲁鲁卡。"

"对。所以……"

"这可不一样，老葡，苏鲁鲁卡只是一棵连花都不开的小树……这是事实……可是你不一样，你是我的朋友，所以我才让你开着咱们的车带我出来兜风，虽然过不了多久，它就是你一个人的了。我是来和你告别的。"

"告别？"

"真的，你看，我一无是处，我已经受够了挨板子、揪耳朵，我再也不当吃闲饭的了……"

我感到嗓子眼儿打了一个痛苦的结，需要很大勇气才能把心里的话说完。

"你要离家出走？"

"不是，这件事我想了整整一个星期，今天晚上，我要躺到'曼加拉迪巴'号下面去。"

他说不出话来，用胳膊紧紧搂着我，用只有他才有的方式安慰我。

“看在上帝的分上，可别这么说。美好生活就在前面呢，你又有这么聪明的小脑袋瓜。可别这么说，这么说是一种罪过啊！我希望你再也不要这样想，再也不要这么说了。那我怎么办？难道你不喜欢我了？你要是没骗人，要是真的喜欢我，就再也不要这么说了。”

他松开我，看着我的眼睛，用手背擦去我的泪水。

“我特别喜欢你，小家伙，你想象不到我有多喜欢你，来，笑一个。”

我笑了一下，他的话让我放松了一些。

“所有那一切都会过去，用不了几天，你还是街上的‘小霸王’，你有好看的风筝、你是弹球大王、你是和公鹿琼斯一样厉害的牛仔……除此之外，我想起一件事来，你想知道吗？”

“想。”

“星期六我不去恩坎塔多看女儿了，她和她丈夫要去帕克塔几天。天气这么好，我想去关渡钓鱼，因为我也没什么特别要好的朋友跟我一起去，我就想到了你。”

我的眼睛一下亮起来。

“你带我去？”

“如果你愿意，当然可以，我可没有强迫你去哦。”

作为回答，我把脸贴在他长着胡子的脸上，紧紧搂住了他的脖子。

我们笑着，不开心的事情全都丢到了九霄云外。

“那儿有一个特别漂亮的地方，咱们带上一些吃的，你最喜欢什么？”

“最喜欢你啊，老葡。”

“我说的是肉肠啦、鸡蛋啦、香蕉啦……”

“我全都喜欢，在家里，我们早就学会只要有吃的，就全都喜欢。”

“那咱们就去钓鱼？”

“一想到这件事，我要睡不着觉了。”

可是，高兴归高兴，我们有一个严重的问题。

“你要离开家一整天，怎么跟家里人说呢？”

“我编一个理由呗。”

“要是被他们发现了呢？”

“一直到这个月的月底，谁都不能揍我，他们答应格洛里亚了。格洛里亚可厉害啦，只有她的头发是和我一样的。”

“真的？”

“真的，只有一个月以后，等我‘身体恢复’了，才可以挨揍。”

他发动了汽车，开始往回走。

“那件事，你不会再想了吧？”

“那件什么事？”

“‘曼加拉迪巴’号。”

“过一段时间再说……”

“那就好。”

后来，我从拉迪斯劳先生那里得知，尽管我答应老葡不做傻事，但是那天，他一直等到深夜返程的“曼加拉迪巴”号开过去之后才回家。

我们在美丽的大道上尽情奔跑。路面虽然不宽，也不是柏油马路，道路两边也没有人行便道，可是有绿绿的大树和嫩嫩的青草，更不用说还有明媚的阳光和蓝蓝的天空。奶奶丁丁娜曾经说过，快乐就是心中有个灿烂的太阳，这个太阳照得一切都幸福。如果真像她说的那样，我心中的太阳让一切都变得美丽……

我们又开始聊天，汽车在缓缓地滑行，它好像喜欢听我们谈话。

“真奇怪，你和我在一起的时候又温顺又听话，你说你和老师在一起，她叫什么？”

“塞西莉亚·派姆小姐。知道吗，她的一只眼睛上有一小片胎记。”

他笑了。

“哦，塞西莉亚·派姆小姐，你说过，她不相信你在学校外面干的那些事，你和小弟弟、和格洛里亚在一起的时候，你也很乖，那为什么你会变来变去的？”

“这个我也不知道，我只知道我做的一切最后都变成淘气的事情，整条街都知道我的臭名，好像有一个魔鬼在我耳边撺掇我，不然的话，我也不至于像埃德蒙多伯伯说的那样‘发明’出那么多恶作剧来。你知道有一次我对埃德蒙多伯伯干了什么吗？我没跟你说过？说过吗？”

“你没说过。”

“那还是六个月以前的事了，他从北方买了一个吊床，可得意啦，都不让我上去躺一躺，婊子养的……”

“你说什么？”

“我是说那个家伙，他在吊床上睡完觉起来之后，总是把它收起来，夹在胳膊底下拿走，好像人家要割走一块似的。有一天，我去奶奶家，奶奶没看见我进来，她当时好像正戴着眼镜看报纸上的广告。我到处转悠，看了看番石榴树，还没有结果子。后来，我看见埃德蒙多伯伯的吊床拴在篱笆墙和一棵甜橙树的树干之间，他张着嘴，打着呼噜，睡得像死猪一样，报纸也掉在了地上。这时，魔鬼跟我说了几句话，我就看见了埃德蒙多伯伯衣兜里的火柴盒。于是，我悄悄撕了一条报纸，把其他报纸敛到一起，划了一根火柴，点着了纸条，等到火苗烧到他……”

“老葡，我可以说‘腚’吗？”

“这个嘛，不好听，别经常说。”

“那我想要说‘腚’的时候怎么说呢？”

“臀部。”

“什么？我得学学这个词，听起来挺难的。”

“臀部，臀——部——”

“知道了。火烧到他臀部下面的时候，我赶紧跑开了，从大门逃了出去，透过篱笆墙上的小洞看会发生什么情况。就听见一声大叫，老头子一下跳起来，举起了吊床。奶奶跑出来，骂他说：‘我跟你说过多少次，别躺在吊床上抽烟’。她看着被烧了的报纸埋怨说，那张报纸她还没看呢。”

葡萄牙人大笑起来。看他那么高兴，我也很开心。

“他们没发现是你干的？”

“根本没有，我只跟苏鲁鲁卡说过。他们如果发现是我干的，会切掉我的‘把儿’。”

“切掉什么？”

“就是……就是阉割了我。”

他放声大笑起来。我们看着前方的路。汽车经过的路上扬起黄色的尘土。可是，我心里却琢磨起一件事情。

“老葡，你没骗我吧？”

“你指什么，小家伙？”

“我从来没听人家说‘踹了臀部一脚’，你听说过？”

他大笑起来。

“你可真难缠，我也从来没听说过，要不这样，忘了‘臀部’吧，改用‘屁股’。咱们还是换一个话题吧，不然，我都不知道怎么回答你了。你看这边的风景，再往前走你会看到很多很多大树，咱们现在离河越来越近了。”

他把车转向右边，开上了一条小路。车一直向前，向前，最后停在一片空地上，那里只有一棵很大的树，巨大的树根袒露在地面上。

我高兴得拍起手来。

“真美啊！这个地方太漂亮啦！我再遇到公鹿琼斯的时候，一定要对他说，他的牧场和草原还赶不上咱们这里的一个小脚指头呢。”

他抚摸着我的头。

“我希望看到你永远像现在这样，有美丽的梦想，而不是满脑子莫名其妙的东西。”

我们下了车，我帮他把东西拿到树阴下。

“你每次都是一个人到这儿来吗，老葡？”

“差不多是。看见了吗，我也有一棵树。”

“它叫什么名字，老葡？谁如果有这么大一棵树，一定得给它取个名字。”

他想了一下，笑着说：

“这是我的秘密，不过，我可以告诉你，它叫卡洛塔女王。”

“她跟你说话吗？”

“你问她说不说话吗？她不说话，因为女王从来不直接跟她的臣民说话，不过，我总是称呼它陛下。”

“‘臣民’是什么意思？”

“就是听从女王命令的人。”

“那我是你的臣民吗？”

他开怀大笑起来，笑得草地上刮起了一阵风。

“不，不，我又不是国王，我也不能命令你做任何事，我只是有些事情要劳驾你。”

“可是，你可以是国王啊，你有当国王所需要的一切。每个国王都像你这么胖胖的，有红桃王、黑桃王、草花王、方块王，扑克牌上的王都和你一样帅，老葡。”

“走吧，干活儿去吧，不然，咱们没完没了地聊天，什么鱼也钓不着了。”

他拿起一根钓鱼竿和装蚯蚓的铁罐，脱掉了鞋和马甲。不穿马甲，他显得更胖了。他指着河对我说：

“你可以到那边去玩，那边水浅，但是，不要去对面，那边水很深。现在，我要在这儿钓鱼了，你要是想和我在一起，可不许讲话，不然，鱼就跑了。”

我让他一个人坐在那儿钓鱼，自己跑一边去玩、去发现。

这一段河可真美啊，我把脚伸进水里，看见水里有好多小青蛙游来游去，我还看见沙子、卵石和水面上漂浮的树叶。我想起了格洛里亚教我的诗歌：

放了我吧，泉水，
花儿哭泣着说，
我生长在高山上，
不要带我去海洋。

啊，我的枝叶，
摇啊，摇啊，
啊，亮晶晶的露珠，
失去了天空的蓝色。
……

清凉的泉水淙淙，
发出低声的嘲弄，
它流过海滩，
带走了花儿。
……

格洛里亚说得对，诗是世界上最美的事物，可惜我不能告诉她我看见了活着的诗。只是这首诗里没有花儿，而是从树上掉到水里的很多树叶，它们正流向大海。这条河真的流向大海？我可以去问老葡。现在不行，否则会打扰他钓鱼的。

可是，钓鱼的成果仅仅是两条小鱼，小得让人不由得同情起它们来。

太阳已经升得老高。我尽情地玩耍，感受生活，兴奋得满脸通红。老葡从那边走过来喊我，我像一只小山羊似的连蹦带跳地跑了过去。

“瞧你弄得这一身脏，小家伙。”

“我玩的呗，我躺在地上，还玩儿水……”

“咱们吃点东西吧。可是，你这个样子脏得像小猪似的，可不能吃东西，过来，把衣服脱掉，到水浅的地方洗一洗。”

我犹豫起来，不想去洗。

“我不会游泳。”

“没关系，走，我就在你旁边。”

我没有动，不想让他看见……

“别跟我说什么不好意思当着我的面脱衣服哦。”

“不是，不是你说的那样……”

没办法，我只好转过身开始脱衣服，先脱了衬衫，然后脱

了背带裤。

我把所有的衣服扔到地上，转过身，可怜巴巴地看着他。他什么也没有说，目光中充满了震惊和愤怒。我不想让他看见我挨打后身上留下的青一块紫一块的疤痕。

他动容地喃喃地说：

“你要是疼，就别下水了。”

“现在不疼了。”

我们吃了鸡蛋、香蕉、肉肠、面包和我最爱吃的番石榴糕。我们到河边去喝了点儿水，然后回到卡洛塔女王树下。

他刚要坐下，我做了一个手势阻止他。

我把手放到胸前，对着大树行了一个礼。

“陛下，您的臣民曼努埃尔·瓦拉达雷斯绅士和皮纳热族最伟大的战士……我们要坐到您的树阴下了。”

我们大笑着坐了下来。

老葡躺在地上，把马甲放在树根上当枕头，说：

“现在是午睡的时间。”

“可是我不想睡。”

“那也没办法,可我不能让你到处乱跑,你这个淘气鬼。”

他把手放在我的胸口上搂住了我。我们长时间地望着天上的云彩从树枝间溜过。是时候了,如果我现在不说,以后就永远没有机会说了。

“老葡!”

“嗯……”

“你睡着了吗?”

“还没有。”

“你在糖果店对拉迪斯劳先生说的事情是真的吗?”

“喂,我在糖果店跟拉迪斯劳先生说过的事情可多啦。”

“是关于我的,我听见了,我在车上听见的。”

“你听见什么了?”

“你是不是说很喜欢我?”

“我当然喜欢你啦,怎么了?”

我在他的怀里翻了个身,盯着他半闭的眼睛。这样看起来他的脸更胖了,他更像一个国王了。

“没怎么,我就是特别特别想知道,你真的喜欢我?”

“当然啦,小傻瓜。”

他更紧地搂着我，以此证明他说的是真的。

“我很认真地想过了，你只有一个住在恩坎塔多的女儿，对不对？”

“对。”

“你自己一个人住在那个有两个鸟笼的房子里，对不对？”

“没错。”

“你说你没有孙子，对不对？”

“是啊。”

“而且，你说你喜欢我，对不对？”

“一点儿不错。”

“那你可以来我家让爸爸把我送给你吗？”

他激动地一下坐了起来，用两只手捧着我的脸。

“你愿意做我的儿子？”

“我不能在出生前选择爸爸，可是，如果能选择的话，我就选你。”

“真的吗，小家伙？”

“我可以发誓！这样，家里就少了一张吃饭的嘴，我保证再也不说脏话，不说‘腚’字了，我可以擦皮鞋，照顾鸟笼里的小鸟，我在各方面都做一个乖孩子，做学校里最好的学生，我什么都会干，什么都能干好。”

他不知道该怎样回答我。

“如果我被送人了，全家人简直要高兴死了，大家都松了一口气。我有一个姐姐，按排行算的话，她在格洛里亚和托托卡之间，就被送到北方和一个有钱的表姐一起生活，这样她就能上学，就能成为大人物了……”

他一言不发，眼里满含着泪水。

“如果他们不给，你可以买我，爸爸一点儿钱都没有，我保证他愿意卖掉我，如果他开价太高，你可以像在雅各布先生那里买东西那样分期付款……”

他没有说话，于是，我们各自回到了自己原先的位置。

“知道吗，老葡，你不愿意也没关系，我不是故意惹你哭……”

他轻轻摸着我的头。

“不是这样的，我的孩子，不是这样的，改变生活不是只有这一种方式，但是，我要告诉你一件事情：我不能从你的父母那里把你带走，也不能把你从你的家里带走，虽然我很想这样做，可是，这样做是不对的。我本来就把你当成我的孩

子，但是，从今往后，我会像对待亲生儿子那样对待你。”

我欣喜若狂，一下站了起来。

“真的，老葡？”

“我可以发誓，像你经常说的那样。”

我做了一件自己很少做，连对我的家人都很少做的事。我亲吻了他胖胖的和蔼的脸。

50
CENTAOS
1936

第六章

点点滴滴的温柔

“那它们全都不跟你说话，你也不能把它们当马骑。是这样吗，老葡？”

“一个都不能。”

“可那个时候，你不也是小孩子吗？”

“是啊，你能听懂树说的话，你的这种幸运可不是每个孩子都有的，而且也不是所有的树都喜欢说话啊。”

他和蔼地笑了笑，接着说道：

“其实，那不是树，而是葡萄藤。别急，听我给你解释：葡萄藤就是长葡萄的地方，一开始，你只看到粗粗的枝条，可是一到果实累累（他解释了一下“果实累累”）的收获季节那才叫美呢，人们在榨汁机上（他又解释了一下什么是“榨汁机”）用葡萄做葡萄酒……”

他知道那么多事情，他的学问好像和埃德蒙多伯伯一样多。

“接着说啊。”

“你喜欢听吗？”

“特别喜欢，我真想跟你不停地聊十万八千里。”

“哪来那么多汽油啊？”

“就算假装的也行啊。”

后来，他又讲了怎样把青草变成冬天用的饲料，怎样做奶酪。不过，他说的不是“奶酪”，而是“干酪”。他说话的腔调很特别，带葡萄牙口音，可是在我看来，他说话的调调更像唱歌……

后来，他停下不再说话，深深叹了一口气。

“我特别想早一点儿回去，也许会在一个安静美丽的地方平静地度过我的晚年，在我的美丽家乡葡萄牙的山后地区

蒙雷尔附近的弗亚德拉小镇。”

这时，我才注意到老葡显得比爸爸老，虽然他胖胖的脸线条圆润，总是容光焕发。一种奇怪的感觉在我心里油然而生。

“你说的是真的？”

这时，他注意到我很失望。

“小傻瓜，这是很久以后的事情了，也许我这辈子都回不去了呢。”

“那我怎么办？我好不容易才把你变成我喜欢的样子。”

泪水止不住地涌上了我的眼眶。

“可是，你应该知道，有的时候我也需要做做梦啊。”

“问题是你的梦里没有我。”

他开心地笑了一下。

“我的梦里全有你，老葡，我跟汤姆·麦克斯和弗雷德·汤姆森去绿色草原的时候，还给你租了一辆马车呢，好让你不觉得旅行很累。不论我去哪儿都想着你，有时在课堂上，我望着教室的门，想象你出现在那儿跟我告别的样子……”

“上帝啊！我还从没见过像你这么渴望关爱的小精灵呢，不过，你也不应该老是这么惦记着我，懂吗？……”

我把这些都告诉了明基诺,它比我还爱聊天。

“其实,苏鲁鲁卡,自从他当了我爸爸以后,他就变得像猫头鹰似的老盯着我,我做的每件事,他都说好,可是,他认为的好跟别人的不一样,他不像别人那样老爱说什么‘这孩子前程远大’,可是,远能远到那里?我连班古都没离开过。”

我温柔地看了看明基诺。现在我真的懂得了什么是温柔,我对我喜欢的一切都温柔。

“听着,明基诺,我将来要生十二个孩子,再加十二个,你懂吗?先出生的那十二个永远不长大,从来不挨揍;另外那十二个会长大成人,我会问他们:‘你将来想干什么,儿子?想当樵夫?好,拿着,这是你的斧子和花格衬衫;你想当马戏团的驯兽师?拿着,这是鞭子和演出服……’”

“可是,到了圣诞节,这么多孩子你怎么办呢?”

明基诺真没眼力见儿,总在这种时候打断我。

“圣诞节的时候嘛,我会有很多钱,我要买一卡车栗子、榛子、核桃、无花果和葡萄干,还要买好多好多玩具,多得他们会拿去送给或者借给穷邻居……我有好多好多钱,因为从今往后,我要做一个富人,很富的人,我还要中彩票……”

我挑战似的看了一眼明基诺,责备它打断了我的话。

"让我说完，我还有好多孩子没说到呢。哦，儿子，你想当牛仔？给你马鞍和套索；你想当'曼加里迪巴'号的火车司机？拿着，这是你的帽子和哨……"

"'哨'是干什么用的，泽泽？你这样一个人自言自语会发疯的。"

托托卡走过来，在我旁边坐下。他友好地打量了一下全身挂满了绳结和啤酒瓶盖的我的甜橙树。他想跟我要东西了。

"泽泽，你能不能借给我四毛钱？"

"不能。"

"可是你有，是不是？"

"我有。"

"你都不问问我借钱干什么用就说不借？"

"我会变得特别特别有钱，这样，我就可以去葡萄牙的山后地区旅行了。"

"你说什么疯话呢？"

"不告诉你。"

"不告诉拉倒。"

"拉倒就拉倒，那我也不借给你四毛钱。"

"你可是'老鼠'，射得精准，明天你玩弹球的时候，多赢一些拿去卖掉，一转眼你就把四毛钱赚回来了。”

“那我也不借，别来吵架啊，我现在乖乖的，不想给任何人找麻烦。”

“我不是要跟你吵架，可你是我最喜欢的弟弟啊，怎么变成白眼狼……”

“我才不是白眼狼呢！我现在是一个无情无义的穴居人。”

“你是什么？”

“‘穴居人’，埃德蒙多伯伯给我看过杂志上的一张照片，上面有一个身上长着好多毛的大猩猩，它手里拿着一个大棒子。反正‘穴居人’就是世界刚刚开始的时候住在山洞里的人，就像那个……那个……我也不知道，我想不起来那个外国名字了，特别难念……”

“埃德蒙多伯伯真不该把这么多乱七八糟的东西塞进你的脑袋瓜。你到底借还是不借？”

“我还不知道有没有……”

“瞧你，泽泽，有多少回我们一起出去擦皮鞋，你什么都没干，我还把赚来的钱分给你？你累了的时候，哪次不是我帮你背着鞋箱……”

他说的是实话，托托卡很少对我不好，我知道自己最后还是会借给他。

“如果你肯借钱给我，我告诉你两个特别好的消息。”

我不说话了。

“我还会说你的甜橙树比我的罗望子树好看得多。”

“你真这么说？”

“我不是已经说了吗？”

我把手伸进衣兜，摇了摇硬币。

“那两个特别好的消息是什么？”

“知道吗，泽泽，咱们的苦日子就要结束了，爸爸找到工作了，在圣阿莱绍工厂当经理，我们又要有钱了。喂，你不高兴？”

“高兴，为爸爸高兴。可是，我不想离开班古，我要住奶奶家，如果离开这里的话，我就去葡萄牙的山后地区……”

“我看出来了，你是不是宁愿住奶奶家每月吃泻药也不愿意跟我们走？”

“没错，你永远都不会知道这是为什么……另一个呢？”

“我不能在这个地方说，有‘人’不该听见。”

我们来到厕所旁边，尽管如此，他还是用很小的声音说道：

“我得先告诉你一声，让你有所准备，泽泽。市政府要拓宽马路，所以要填平所有的水沟，马路要拓宽到各家的后院。”

“那又怎样？”

“你这么聪明的人还听不明白？要拓宽马路就得把那里的东西全部推倒。”

他指了指我的甜橙树所在的位置。我撇着嘴要哭了。

“你骗人，是不是，托托卡？”

“别做出一副哭相，还早着呢。”

我的手指在兜里紧张地数着硬币。

“你瞎说的，是不是，托托卡？”

“不是，我说的就是真的。喂，你到底是不是个男人啊？”

“我是，就是。”

可是，泪水止不住地顺着我的脸流了下来，我抱着他的腰央求起来。

“你和我是一头儿的，对不对，托托卡？我要联合好多人一起抵抗，谁都不许砍我的甜橙树……”

“好，好，咱们不让他们砍。那现在呢，你借不借我钱了？”

"你借钱干什么?"

"你又不能进班古电影院,那儿正上演电影《人猿泰山》呢,我看完之后全讲给你听。"

我用衣袖擦了擦眼泪,掏出一个五毛的硬币交给他。

"多的钱你留着买糖吃吧……"

我回到甜橙树下,不想说话,只想着电影《人猿泰山》。其实,我在前一天刚看过,我跟老葡提起这部电影。

"你想不想去看?"

"想不想?当然想啦,可是我不能进班古电影院。"

我提醒他自己为什么不能进电影院,他笑了起来。

"你这个小脑袋瓜不是又在想什么歪主意吧?"

"我发誓没有,老葡,可是,如果有大人带我去,他们就不会说什么了。"

"哦,那个大人就是我喽……你是不是这样想的?"

我高兴得满面春风。

"可是,我得工作啊,孩子。"

"那个时间不会有很多生意啦,与其在那里聊天或者在车上打瞌睡,还不如去看《人猿泰山》呢,那里边有豹子、鳄鱼、大猩猩。你知道是谁主演的吗?是弗兰克·梅里尔①。"

① 弗兰克·梅里尔:美国电影演员,曾在电影《人猿泰山》中出演泰山。

可是，他还是拿不定主意。

“你真是一个小魔鬼，总是有理。”

“就两个小时，你都那么有钱了，老葡。”

“那好吧，看电影去。不过，咱们得走着去，我把车停在这里。”

于是，我们去了电影院。可是，售票员小姐说她接到了严格的命令，一年之内不准我进电影院。

“他由我来负责，那都是以前的事情了，现在，他已经懂事了。”

售票员小姐看了看我，我朝她笑了笑，亲吻了一下手指尖，送给她一个飞吻。

“听着，泽泽，如果你表现不好，我可会失业哦。”

这些我本来不想告诉明基诺，可是没过多久，我终于还是告诉它了。

第七章

“曼加拉迪巴”号

塞西莉亚·派姆小姐问哪位同学愿意到黑板前写出自己造的句子,可是,谁都不敢上去。不过,我想起一件事情,便举起了手。

“你想来吗,泽泽?”

我离开座位走到黑板前。让我感到骄傲的是听到她这样说:

"大家都看到了？上来的是全班年龄最小的同学。"

我还够不到黑板一半的高度。我拿起粉笔，认真地写起来。

假期马上就要开始了。

我看着老师，想知道有没有写错的地方。她开心地对我笑了。桌子上摆着空花瓶，虽然空着，却像她说的那样插着一枝想象的玫瑰花。也许是因为塞西莉亚·派姆小姐长得不漂亮，所以，很少有人给她送花。

我对自己的造句很满意，高兴地回到自己的座位。我高兴还因为假期一到，我就可以经常和老葡开车去兜风了。

后来，又有其他同学到黑板前写下自己的句子，不过，最勇敢的人是我。

有人喊了一声"报告"走进了教室。一个同学迟到了，是热罗尼莫，他慌慌张张地走进教室，正好坐在我身后的座位上。他一边响声很大地把书放到课桌上，一边和同桌说话。我没有注意他们在说什么，因为我想好好学习做一个有学问的人。可是，他们声音虽小，有几个字却引起了我的注意：他们提到了"曼加拉迪巴"号。

"撞到汽车了？"

“就是曼努埃尔·瓦拉达雷斯那辆漂亮的车。”

我慌乱地转过身。

“你说什么？”

“‘曼加拉迪巴’号在花布街那个道口撞了葡萄牙人的车，所以我才迟到了。火车把汽车压扁了，那里围了好多人，连雷亚伦戈的消防队都来了。”

我冒出冷汗来，眼前一阵阵发黑。

热罗尼莫继续回答同桌的问题。

“我不知道他是不是死了，他们不让小孩儿靠近。”

我下意识地站了起来，有一种想吐的感觉，浑身冒冷汗。我离开座位向教室的门口走去，甚至没有注意到塞西莉亚·派姆小姐的脸色，她走过来，看着我苍白的脸问道：

“怎么啦，泽泽？”

可是我无法回答，泪水涌上了眼眶。忽然，我感到一阵不可遏止的狂躁，疯了似的冲出了教室。我根本没想去校长室，而是一路狂奔到街上，我忘了里约-圣保罗路，脑子里一片空白。我只想跑，跑，立刻跑到那里。我的心比胃疼得还厉害。我一口气跑过整条收费站街，跑到糖果店，扫了一眼停在那里的车，想确认热罗尼莫是不是在撒谎。可是，我们的车不在这里。我一边呜咽着哭起来，一边继续跑，却被拉迪斯劳先生用力拉住了。

“你去哪儿，泽泽？”

我泪流满面。

“我要去那里。”

“不要去了。”

我连蹬带踹像疯了一样，却无法挣脱他。

“安静，孩子，我不会让你去的。”

“‘曼加拉迪巴’号撞死他了……”

“没有，救援的人已经来了，只是车子损毁严重。”

“你骗人，拉迪斯劳先生。”

“我为什么要骗人？我不是说过火车撞上了汽车吗？好吧，等他在医院能接受探视的时候，我带你去，我保证。现在咱们去喝杯冷饮吧。”

他掏出手绢给我擦了擦汗。

“我想吐。”

我靠在墙上，他托着我的头。

“好些了吗，泽泽？”

我点点头。

“我送你回家好不好？”

我摇了摇头，慢慢走开，完全不知如何是好。我已经知道了事情的真相：“曼加拉迪巴”号对一切都毫不留情，是最厉害的火车。我又吐了几次，我能感觉到没有人在意我，我的生命里再也没有朋友了。我没有回学校，信马由缰地走着，一边走一边不住地吸着鼻子，有时，用校服擦一擦脸。我再也见不到老葡了，永远也见不到了，他走了。我就这么走啊，走啊。我在他答应我叫他老葡、让我在他的车上做“蝙蝠”的那条路停下脚步，坐在一棵树的树干上，脸埋在两腿膝盖之间缩成了一团。

一阵突如其来的委屈袭上我的心头。

“你是个坏家伙，圣婴，我以为这一次为我降生的是上帝，难道你就这样对待我吗？你为什么不像喜欢其他孩子那样喜欢我？我已经很乖了，我不再打架，我努力学习，我不再说脏话，连‘腚’我都不说了，你为什么这样对待我，圣婴？他们要砍掉我的甜橙树，我都没生气，只是哭了一鼻子……可是现在……现在……”我泪流满面。

“我要我的老葡回来，圣婴，你把我的老葡还给我啊，圣婴……”

这时，我听见一个非常温柔甜美和蔼的声音在对我说话，一定是我坐的这棵树的声音。

“别哭，小朋友，他是去天堂了。”

天渐渐黑了，我已经没有力气吐，也没有力气哭了。托托卡在埃莱娜·维拉斯－博阿斯太太家门前的台阶上找到了我。

他跟我说话，可我只剩下哼哼的力气了。

“你怎么啦，泽泽？说话啊。”

可是，我还在低声呻吟着。他伸手摸了摸我的额头。

“你在发烧！你到底怎么啦，泽泽？跟我来，咱们回家吧，我扶你慢慢走。”

我一边呻吟，一边说：

“别管我，托托卡，我再也不回那个家了。”

“走吧，回家去，那是咱们的家啊。”

“我什么都没有了，一切都没有了。”

他试着扶我站起来，可是我一点儿力气也没有，于是，他把我的胳膊搭在他的脖子上，把我抱了起来。回到家，他把我放在床上。

“冉迪拉！格洛里亚！人都跑哪儿去了？”

他在邻居家找到了正在聊天的冉迪拉。

“冉迪拉,泽泽病得很厉害。”

她一边走,一边嘟嘟囔囔。

“肯定又在演戏,看我抽他几鞋底……”

可是,托托卡神情紧张地说:“不是,冉迪拉,这次他真的病得很厉害,他要死了……”

连续三天三夜,我什么都不想,高烧要把我吞噬掉。当家里人喂我东西的时候,呕吐的感觉便跟着向我袭来。我越来越弱,越来越弱,眼睛盯着墙壁,一连几个小时一动不动。

我听见人们在我身边说话,我听得懂他们说的每一句话,可我不想回答,我不想说话,一心只想去天堂。

格洛里亚搬到我的房间,晚上就睡在我身旁,甚至不让灭灯。大家都对我关怀备至,连奶奶也来我们家住了几天。

托托卡瞪大了眼睛,一连几个钟头陪着我,有时还跟我说说话。

“那是骗人的,泽泽,相信我,都怪我不好,他们不会拓宽马路,什么事儿也没有……”

家里静悄悄的,死神好像正轻轻走过。大家都避免有任何响动,说话的时候也都放低了声音。妈妈几乎每天晚上都陪在我身边。可是,我就是忘不了他,忘不了他的笑声、他与众不同的说话调调,甚至外面的蟋蟀都在“刷、刷、刷”地模仿他刮胡子的声音。我无法停止对他的思念。现在,我真正懂得了“痛苦”的含义,“痛苦”不是被打得晕过去,不是脚被玻璃碴划破了口子和做缝合手术。“痛苦”就是整个心在疼,就是一个人到死都不能告诉任何人的秘密。它让人四肢无力,情绪低落,连脑袋在枕头上动一动的愿望都没有了。

我病得越来越重,瘦得形销骨立。家里人请来了医生。福尔哈伯医生来给我做了检查,很快就得出了结论。

“他受了刺激,除非他能克服精神遭受的重创,否则很难活下去。”

格洛里亚把医生带到外面,对他说:

“他确实受了刺激,大夫,自从他听说要砍掉甜橙树,他就病了。”

“你们必须让他相信那不是真的。”

“我们已经试过所有的办法了,可他就是不信,他认为甜

橙树就是人。他就是这么一个非常奇特的孩子,早熟而且很敏感。”

他们的话我全听见了,可是,我仍然没有活下去的兴趣,我想去天堂,我知道没有任何活人能去那里。

家里人买来了药,可是我仍然呕吐。

这时,一件好事情发生了,邻居们都来看我了,他们忘了我曾经是“披着人皮的魔鬼”。“穷·饿”商店的人也来了,还给我带来了小点心。内加·欧热尼亚太太给我带来了鸡蛋,并且为我的肚子祷告,让我不要再呕吐。

“保罗先生的儿子快死了……”

他们告诉我一些开心的事情。

“你一定要好起来,泽泽,没有你和你的恶作剧,街上显得很凄凉。”

塞西莉亚·派姆小姐也来看我了,带来了我的书包和一朵花。结果我又哭了一鼻子。

她说起了我那天是怎样跑出教室的,可她也只知道这些。

不过,最让我感到难过的是阿里奥瓦尔多先生来的时候。我听出了他的声音,便假装睡着了。

“您在外面等他醒来吧。”

他坐下，跟格洛里亚聊了起来。

“知道吗，小姐，我到处打听，好不容易才打听到你们家住在哪里。”

他使劲儿抽了抽鼻子。

“我的小天使可不能死，绝对不能！可别让他死啊，小姐，他每星期都给你带歌篇，是不是？”

格洛里亚几乎说不出话来。

“可不能让这个小东西死啊，小姐，他要是有个三长两短，我就再也不来这里了，这是一个让人伤心的地方。”

他走进我的房间，坐到床边，把我的手放在他的脸上。

“泽泽，你一定要好起来啊，还跟我一起去唱歌。最近我几乎什么也没卖出去，大家都在问，‘喂，阿里奥瓦尔多，你的小金丝雀哪儿去了？’你答应我一定要健健康康的，好吗？”

仅存的力气让我的眼睛再次充满了泪水。格洛里亚担心我情绪激动，所以把阿里奥瓦尔多先生带走了。

我开始好起来，已经能咽一点儿食物，让它留在胃里。每当我回忆的时候，我就会发烧、呕吐，同时还会发抖和出冷汗。有时，我还能看见“曼加拉迪巴”号风驰电掣般开过来压死了他。我问圣婴能不能在乎我这一次，不要让他有任何痛苦。

格洛里亚来了，摸了摸我的头。

“别哭，小爷，一切都会过去，如果你愿意，我可以把我的整个芒果树都给你，谁都不许再碰它一下。”

可是，我要这么一棵老掉牙的结不出果子的芒果树有什么用呢？不久，我的甜橙树也将失去它的魅力，变成一棵普普通通的树……不过，这也需要给那个小可怜一点儿时间。

死对一些人来说多么容易啊，只要一列可恶的火车开过来就足够了。可是对我来说，去天堂却是这么难，大家都抱住我的腿不让我走。

格洛里亚的善良和精心照顾终于让我能说一点儿话了，连爸爸晚上都不出门了。托托卡因为自责也瘦了，被冉迪拉骂了一顿。

"已经有一个病人了还嫌不够吗,托托卡?"

"你不在我的位置上,所以你不懂我的感受。是我告诉他的,我现在连肠子都要悔青了,连睡觉都梦见他哭啊、哭啊……"

"行啦,你可别跟着也哭起来,你已经是个大小伙子了,他会活下去的。别想这件事了,去'穷·饿'商店帮我买一罐炼乳来。"

"那得给我钱,他们已经不给爸爸赊账了。"

我身体虚弱,一直昏睡着,分不清是白天还是夜晚。我的高烧慢慢退了,发抖和寒战的现象也渐渐消失。

我睁开眼睛,昏暗之中总能看见寸步不离的格洛里亚。她把摇椅搬进我的房间,常常累了就在上面睡一会儿。

"格格,现在是下午吗?"

"差不多吧,小心肝儿。"

"能打开窗户吗?"

"你不会头疼?"

"我想不会。"

光线照进来,我看见一小片美丽的天空。望着天空,我又哭起来。

"怎么啦,泽泽?你看天空多美,多蓝啊,是圣婴专门送给你的礼物,这是他今天告诉我的……"

她不懂天空对于我意味着什么。

她靠近我,拉着我的手和我说话,想让我高兴起来。她面容憔悴而消瘦。

"你看,泽泽,从现在开始,你很快就会好起来,又可以去放风筝、源源不断地赢好多好多弹球,还可以爬树,骑在明基诺身上,我希望你还和从前一样,去唱歌,给我带歌篇回来,多少开心的事情啊,你知道现在整条街有多凄凉吗?大家都想念你,想念你给咱们这条街带来的快乐……可是,你一定要帮忙活下去,活下去,活下去。"

"知道吗,格洛里亚,我不想活了,如果我病好了,我还会是一个坏孩子。你不懂,再也没有什么能成为我做好孩子的动力了。"

"可是,你用不着做那么好的孩子啊,你还是你,还是和从前一样的孩子。"

"为什么呢,格洛里亚?就为了大家都来狠狠地揍我、欺负我?"

她捧着我的脸,坚定地说:

"听着，小爷，我向你发誓，等你病好了，任何人，我说的可是'任何人'，包括上帝在内，谁都不许再碰你一个手指头，除非他们从我的尸体上跨过去。你相信吗？"

我"嗯"了一声表示相信。

"'尸体'是什么意思？"

格洛里亚的脸上第一次露出了久违的巨大快乐。她笑了起来，她知道，我对难懂的字眼有了兴趣，这说明我又想活下去了。

"'尸体'就是死人、去世的人的身体。不过，咱们不说这个，现在说这个可不好。"

我也觉得不说为好，可是，我还是不禁想到，他变成"尸体"已经好多天了。格洛里亚还在说着、保证着什么事，可我现在想的却是那两只小鸟：青彩鹀和金丝雀，人们现在把它们怎么样了？也许它们已经伤心地死了，就像"红头发"奥兰多的那只小籽雀那样。也许人们打开鸟笼的门把它们放走了。不过，这等于杀了它们，因为它们已经不会飞翔了，它们只会呆呆地停在甜橙树上，等着被孩子们用弹弓把它们打下来。每当基科没钱支撑他的鸟园，养不起厚嘴唐纳雀的时候，他就会打开那些鸟笼的门，干这种可恶的勾当。没有一只鸟能逃过孩子们的弹弓……

家里逐渐恢复了正常的节奏，不断听到各种响动。妈妈已经回去工作了，摇椅被搬回到它原来的房间。只有格洛里亚坚守着她的“岗位”，不到我下地站起来的那一天，她是不会离开我的。

“喝点儿汤吧，小爷，冉迪拉杀了那只黑母鸡，专为你做的。你闻闻，多香啊！”

说着，她吹了吹勺子里的热汤。

你要是愿意，就像我这样，把面包在咖啡里蘸一下，不过，咽的时候别弄出声来，那样不雅。

“怎么啦，泽泽，又要哭了？因为他们杀了那只黑母鸡？它太老了，老得都不会下蛋了……”

你一定花了不少工夫才找到我的住处吧……

“我知道它是你那个动物园里的黑豹子，不过，我们可以再买一只比这个更厉害的黑豹子。”

说说吧，“逃兵”，这些日子你去哪儿了？

“格格，我现在不想喝，我一喝，又要吐了。”

“那我回头再端来，好不好？”

我下意识地自言自语起来：

“我保证做一个好孩子，再也不打架、不说脏话，连‘腚’字也不说了……可是，我想永远和你在一起……”

他们同情地看着我，以为我又在跟明基诺说话……

一开始，窗户那边传来的只是轻轻的摩擦声，后来变成了敲击声，接着从外面传来一个特别温柔的声音。

“泽泽！……”

我坐起身，头挨近木头窗框。

“谁？”

“我！打开窗户。”

我轻轻拉开窗户的插销，以免吵醒格洛里亚。黑暗中，明基诺奇迹般出现在我面前，只见它浑身上下闪闪发亮。

“我可以进来吗？”

“当然可以。可是小点儿声，别吵醒她。”

“我保证不吵醒她。”

它跳进屋里，我回到了床上。

“看，我把谁给你带来了？它非要来看你。”

它把胳膊向前一伸，我看到一个东西，好像是一只银白色的鸟。

“我看不清楚，明基诺。”

“仔细看看，会吓你一跳，我用银色的羽毛把它全身打扮得亮晶晶的，是不是很漂亮？”

“路西亚诺！你真漂亮啊！你应该永远这样，我以为你是《鹳鸟哈里发》[①]里的猫头鹰呢。”

我激动地摸着它的头，第一次发现它是那么温顺，原来蝙蝠也喜欢被人关爱。

“还有你没发现的事哦，再仔细看看。”

它在我眼前转了一个圈。

“我带来了汤姆·麦克斯的马刺、肯·梅纳尔的帽子、弗雷德·汤姆森的两把左轮手枪、里查德·塔尔梅奇的板带和靴子，还有最重要的，阿里奥瓦尔多先生借给我的花格衬衫，

① 《鹳鸟哈里发》：德国著名小说家、诗人威廉·豪夫（1802—1827）的童话作品。

就是你最喜欢的那件。”

“我从来没见过这么棒的事情，明基诺，你是怎么把这些东西凑到一起的？”

“他们一听说你病了，就把东西全都借给我了。”

“真可惜你不能总穿着这身行头。”

我看着明基诺，担心它是不是已经知道自己将面临的命运。可是，我什么也没有说。

这时，它坐到床边，眼睛里流露出又亲切又担心的目光，它把脸凑到我的眼前。

“怎么啦，苏鲁鲁卡？”

“你才是苏鲁鲁卡啊，明基诺。”

“那好吧，我叫你‘小苏鲁鲁卡’，难道我就不能像你对我那样更喜欢你一点儿？”

“别这么说，医生不让我哭，也不让我激动。”

“我也不希望你那样，我来就是因为特别想你，我希望看到你好起来，重新快乐起来。生活中什么事情都会过去，所以我来带你出去散散步。咱们走吧？”

“我身体还很虚弱呢。”

“呼吸一点儿新鲜空气，这对你的病有好处，我帮你从窗

户跳出去。”

于是，我们离开了家。

“咱们去哪儿？”

“咱们去管道那边吧。”

“可是我不想走卡帕内马男爵街，我再也不想去那个地方了。”

“那咱们从水闸街过去，一直走到头就是。”

现在，明基诺变成了一匹会飞的马，路西亚诺停在我的肩膀上，快乐地摇晃着。

到了管道，明基诺拉着我，让我在粗大的管子上站稳。好玩的是，水从管子上的小洞喷出来，形成了一个个像小喷泉似的水柱，淋湿了我们的衣服，水柱冲到脚上，弄的脚心怪痒痒的。我觉得头有些晕，但是，明基诺带给我的快乐让我觉得自己的病已经好了，至少我的心跳轻快起来。

忽然，从远方传来一阵汽笛声。

“听见了吗，明基诺？”

“是远处火车的汽笛声。”

可是，那种奇怪的声音越来越近，一阵阵汽笛声打破了寂静。

我无比恐惧。

“是它，明基诺！是‘曼加拉迪巴’号！刽子手！”

车轮在铁轨上隆隆开过的声音越来越吓人。

“上来，明基诺！快上来，明基诺！”

明基诺戴着闪亮的马刺，无法在大管子上保持平衡。

“上来！明基诺，把手给我，它要杀死你！它要杀死你！它要压扁你！让你粉身碎骨！”

明基诺刚刚爬上水管，可恶的火车拉着汽笛冒着烟从我们身边开了过去。

“刽子手！……刽子手！……”

火车在铁轨上奔驰，发出断断续续的大笑：

“不是我的错……不是我的错……不是我的错……不是我的错……”

家里的灯全都亮了，一张张睡眼惺忪的脸拥进了我的房间。

“做噩梦了。”

妈妈抱起我，把我搂在怀里，试图平息我的哭泣。

“只是一个梦，儿子……一个噩梦。”

格洛里亚把经过讲给拉拉听的时候，我又呕吐起来。

“他大喊什么‘刽子手’把我吵醒了，还说什么‘杀’啊、

'压扁'啊、'粉身碎骨'……上帝，这一切什么时候才能结束啊？"

然而几天以后，这一切就结束了，我命里注定要活下去。一天早晨，我正坐在床上思考着痛苦的生活，格洛里亚满面春风地走进来。

"快看，泽泽。"

她手里拿着一朵白色的小花。

"这是明基诺开的第一朵花。过不了多久，它就会进入成熟期，结出甜橙啦。"

我抚摸着洁白的小花，我不会再为任何小事哭泣，虽然明基诺是想用这朵小花跟我告别，它已经离开了我的梦想世界，走进了我真实而痛苦的世界……

"现在来喝一点儿粥吧，然后，像昨天那样在屋子里走几圈，我马上回来。"

这时，路易斯国王爬上了我的床。现在，家里人已经让他到我身边来了，刚开始的时候，他们不想让他看到我生病而伤心。

“泽泽！”

“怎么啦，我的小国王？”

实际上，他现在是唯一的国王了，其他国王，方块、红桃、梅花、黑桃国王只不过是玩家手上脏兮兮的小人儿。

还有一个，是他，他没能当一个真正的国王。

“泽泽，我特别喜欢你。”

“我也喜欢你，我的小弟弟。”

“你今天愿意和我玩儿吗？”

“我今天和你玩儿。你想玩儿什么？”

“我想去动物园，然后我想去欧洲，然后我想去亚马孙森林找明基诺玩儿。”

“如果我不太累，咱们全玩儿个遍。”

吃完早饭，在格洛里亚开心的目光下，我们手拉手向后院走去。格洛里亚靠在门上松了一口气。快走到鸡窝的时候，我回转身向她挥手再见。她的目光里充满了幸福，我奇怪早熟的脑袋能猜出此刻她心里在说的话：“感谢上帝，他又回到他的梦幻世界里去了！”

“泽泽……”

“嗯？”

“黑豹子去哪儿了？”

我已经不再相信那些事情，很难重新开始，我想告诉他实情："小傻瓜，从来就没有什么黑豹子，那不过是一只黑色的老母鸡，已经给我煮汤喝了。"

"只剩下两头狮子了，路易斯，黑豹子到亚马孙森林度假去了。"

还是尽可能让他保持幻想好，我小的时候也相信过这些事情。

小国王睁大了眼睛。

"是那边那个森林吗？"

"别怕，它走得太远了，所以永远也找不到回来的路了。"

我苦笑了一下，亚马孙森林只不过是六棵浑身带刺而且难看的甜橙树。

"知道吗，路易斯，泽泽身体还很虚弱，得回去了。明天咱们再来玩儿，咱们玩儿甜面包山缆车和其他你想玩儿的游戏。"

他同意了，跟我慢慢往回走。他还太小，猜不到事情的真相，其实，我是不想走近被称做亚马孙河的水沟，不想面对失去魅力的明基诺。路易斯不知道，那朵洁白的小花就是我们的诀别。

第八章

慢慢老去的树

天还没有黑，消息已经得到了证实，似乎一片祥云回到了我们的家。

爸爸拉着我的手，当着大家的面让我坐在他的膝盖上。为了避免我头晕，他把椅子摇得很慢很慢。

“一切都结束了，儿子，一切，总有一天，你也会当爸爸，也会发现，在一个男人的生活中，某些时刻是多么艰难，好像什么事情都不对，于是陷入了无边的绝望之中。可是现在不同了，爸爸被任命为圣阿莱绍工厂的经理，圣诞节的夜晚你们的靴子里再也不会缺少礼物了。”

他停顿了一下，他这一辈子永远也不会忘记“那件事情”。

“我们也会常常去旅行，妈妈不用再去工作了，你姐姐也一样。那块带印第安人头像的小牌子你还留着吗？”

我翻了翻衣兜，找到了它。

“很好。我要再买一块手表，把这块小牌子挂上去，总有一天，它是你的……”

老葡，你知道什么是“金刚砂”吗？

爸爸还在说话，不停地说着话。

他用长满胡子的脸蹭我的脸，让我觉得不舒服；他穿了很长时间的衬衫散发出的味道让我直起鸡皮疙瘩。我从他的腿上滑下来，向厨房的门口走去。我坐在台阶上，望着光线越来越暗的后院，心生厌恶，却没有愤怒。

“那个男人把我抱在怀里想干什么？”

他不是我爸爸，我爸爸已经死了，是被“曼加拉迪巴”号

杀死的。

爸爸跟了出来,看到我又两眼泪汪汪的。

他几乎跪在地上跟我说话。

“别哭,儿子,我们会有一所很大的房子,一条真正的河从房子后面流过,还有很多很多大树,全是你一个人的,你可以荡秋千。”

他不懂。他不懂。在我的生命中,没有任何一棵树能像卡洛塔女王那么美。

“你第一个选树。”

我盯着他的脚,他穿着凉鞋,露着脚趾。他是一棵有黑色树根的老树,一棵爸爸树,一棵我几乎不认识的树。

“以后你还会有更多的树,他们不会这么快就砍掉你的甜橙树,等他们砍的时候,你已经到很远的地方去了,什么也感觉不到。”

我抱着他的腿抽泣起来。

“别说了,爸爸,没用了……”

爸爸的脸上也淌着泪。我看着他的脸,有气无力地喃喃说道:

“他们已经砍了,爸爸,一个多星期以前,他们已经砍了我的甜橙树。”

第九章

最后的告白

多少年过去了，我亲爱的曼努埃尔·瓦拉达雷斯！现在，我已经四十八岁了，可有时在思念中，我觉得自己好像仍然是一个孩子，总觉得你随时会出现在我面前，给我带来电影明星的照片或者弹球。亲爱的老葡，是你教会我生命的温柔。现在，换成我送出明星照片和弹球了，因为我知道感受不到温柔的生命并不美妙。有时候，我在温柔中感到幸福；有时候，我却感到迷茫，而这种情况甚至经常发生。

那时候，在咱们的那段时光，我不知道曾经有个傻瓜王子[①]，眼中满含泪水跪在祭坛前，他问那些圣像：

“为什么要把真相告诉孩子们呢？”

其实，亲爱的老葡，他们很早就告诉我那些事情了。

再见了！

一九六七年　乌巴图巴

① 傻瓜王子：这个情节出自俄国著名作家陀思妥耶夫斯基的名作《白痴》，“傻瓜王子”指书中的主人公梅什金公爵，他虽然外表是大人，内心却像孩子一样纯真、善良。

若泽·毛罗·德瓦斯康塞洛斯,1920年2月26日出生于巴西里约热内卢州班古市,自幼家境贫寒,有十一个兄弟姐妹。他在纳塔尔市的伯伯家长大,自己学会了认字看书,九岁时获得游泳和足球冠军。不安分的天性使其涉足广泛:曾学医两年,后又改学绘画、法律和哲学。

若泽·毛罗·德瓦斯康塞洛斯经历坎坷,曾当过渔夫、教师、模特、舞蹈演员、侍应生、电影电视及话剧演员。曾到欧洲和巴西各地旅行。他作品中的人物和情景许多都来自于他丰富的生活经历。

若泽·毛罗·德瓦斯康塞洛斯常说:"文学是最复杂的艺术,因为它要赋予作品绘画的色彩和线条、音乐的声音和旋律,以及动感。写作是我找到的用以展现我的生活经历、传递我的喜怒哀乐和一种久被遗忘的感情——温柔——的方式。没有温柔的生活毫无意义。"

作家于1984年6月24日在圣保罗去世。